陈如江◎编注

一蓑烟雨任平生·东坡词

人民文学出版社

图书在版编目（CIP）数据

一蓑烟雨任平生：东坡词/陈如江编注.
—2 版.—北京：人民文学出版社，2016（2024.2 重印）
（恋上古诗词：版画插图版）
ISBN 978-7-02-012202-8

Ⅰ.①一… Ⅱ.①陈… Ⅲ.①苏轼（1036—1101）-
宋词-诗歌欣赏 Ⅳ.①I207.23

中国版本图书馆 CIP 数据核字（2016）第 278153 号

责任编辑：李　俊
特约策划：吕昱雯
装帧设计：汪佳诗

出版发行　人民文学出版社
社　　址　北京市朝内大街 166 号
邮政编码　100705

印　　刷　山东新华印务有限公司
经　　销　全国新华书店等

开　　本　890 毫米×1240 毫米　1/32
印　　张　7.125
插　　页　2
字　　数　150 千字
版　　次　2009 年 8 月北京第 1 版　2017 年 1 月北京第 2 版
印　　次　2024 年 2 月第 7 次印刷

书　　号　978-7-02-012202-8
定　　价　45.00 元

前　言

　　风萧萧,雨飘飘。在一条林间沙路上,一个人穿着草鞋,披着蓑衣,拄着竹杖,缓步行走着。他没有在意穿林打叶的雨声,没有在意寒意料峭的春风,一边从容步行,一边吟咏长啸。不一会儿,雨过天晴,夕阳斜照,他在胸中也完成了一首《定风波》新词,于是唱了起来:

　　　　莫听穿林打叶声,何妨吟啸且徐行。　竹杖芒鞋轻胜马,谁怕?一蓑烟雨任平生。　　　料峭春风吹酒醒,微冷,山头斜照却相迎。　回首向来萧瑟处,归去,也无风雨也无晴。

　　这是一幅何等美妙的画境,境中人就是被贬谪在黄州的苏东坡。

　　披一身蓑衣,任凭风吹雨打,我泰然度过一生,这是苏东坡的人生态度。他在词中告诉我们,人生的风波,就像自然界不期而至的骤雨,只要你抱着"一蓑烟雨任平生"的宗旨,安之若素,从容不迫，自能迎来生命中的"晴天"。

读东坡词，读的就是苏东坡的人生态度。

东坡一生经历丰富而坎坷。21岁时，与父亲及弟弟从眉山起程前往京城。此行的目的很明确，就是进入仕途，辅君治国。这也是中国古代士大夫唯一的人生出路。到达京城的当年，便以第二名通过了开封府组织的进士资格考试。隔年的礼部进士考试，著名文人欧阳修是主考官，他读了苏东坡这次考试所写的文章，大为赞叹，准备录为第一，又担心此文可能出于自己学生曾巩之手，为了避嫌，才录为第二。受到欧阳修高度赏识的苏东坡，在京城声名大振，并顺利地进入了仕途。

正如杜甫在怀李白的诗中所写："文章憎命达，魑魅喜人过。"苏东坡在施展自己"致君尧舜"的抱负时，因年轻气盛，与锐意推行新法的王安石在思想观念上发生了碰撞，结果自然与历来才智之士的命运一样，一次又一次地遭受打击。先是被排挤出京，担任杭州、密州、徐州、湖州等地的地方官，后又被诬陷入狱。神宗皇帝免他一死，将他贬官到黄州，担任一个没有行动自由的团练副使。神宗死后，高太后临朝听政，起用旧党，反对新法的东坡也被调回京城，官至翰林学士，同时还兼侍候皇帝读书。有着一颗正直心的东坡，终究不适合官场的波诡云谲，因不满旧党"尽废新法"的过激行为，又得罪了当权者，所以主动要求外放，先后到杭州、颍州、扬州、定州等地任地方官。高太后死，哲宗亲政,新党重新登台,他们打击反对新法之人,苏东坡又成了他们的目标,接连被贬到广东和海南岛,一直到64岁时才得内迁,65岁病逝于常州。

人生的不得意,使得苏东坡在思想上一直存在着"出世"与"入世"的矛盾。他一方面忧国爱民,在任地方官期间做了许多有益百姓的事;另一方面寄情山水,时时流露出归隐的念头。表现在词中,既有"谁道人生无再少,门前流水尚能西"(《浣溪沙》)的积极进取,也有"休言万事转头空,未转头时皆梦"(《西江月》)的感慨悲凉。总的来说,他的精神趋向于出世,但在现实生活中经世致用的一面又占了上风,这也就是他最终没有"乘风归去"的原因。在出而用世的过程中,受到挫折,遭受打击,潜伏在脑中的老庄与佛教思想,往往会把他引向以不变应万变的生命的态度中。顺意的时候是儒家,失意的时候是道家,痛苦的时候是佛家,苏东坡就是这样善于自我调节、自我解脱的。在黄州期间,他还写有一首《西江月》。词如下:

照野弥弥浅浪,横空隐隐层霄。障泥未解玉骢骄,我欲醉眠芳草。　可惜一溪明月,莫教踏破琼瑶。解鞍欹枕绿杨桥,杜宇一声春晓。

月光笼罩着旷野,溪水泛着细浪,云层若隐若现,词人醉不可支,在绿杨桥边藉草而眠,他睡得格外香甜,在杜鹃的鸣叫声中才知天晓。从中可以看出,他早已摆脱了被贬的苦闷,随遇而安,自得其乐,全身心地陶醉在幽静的大自然的怀抱中。后来,他背负着更大的生存压力,被贬谪到遥远的岭南与海南时,依然生活得潇洒,"天涯何处无芳草"的旷达化解了他内心的悲痛。东坡词之所以历来受人喜爱,就在于它向世人展示了一个睿智者的处世模式。

读东坡词,我们还能获得许多独特的艺术享受。

如果我们不了解苏东坡,只要读他的词,就会对他有一个比较完整的认识,并一点都不会感到陌生,因为他把自己的生活面貌和内心世界都袒露在了词中。他的词有抒发报国立功的抱负,有叙写仕途多舛的怨愤,有缅怀英雄豪杰的战功,有寄寓政治失意的心怀,有吟唱倾盖如故的友情,有咏叹羁旅行役的愁思,有抒写时代人生的感兴,有表现忧乐两忘的情操。此外,还有写景,悼亡,咏物,送别,遣兴,谈禅,伤春,可以说,无论是咏物言情、记游赠答,还是怀古发论、谈禅说理;无论是感时伤事、送别悼亡,还是田园风光、身世友情,他均能自由地用词来吟唱,正如刘熙载所说,东坡词就像杜甫的诗,无意不可入,无事不可言。读这些内容丰富而充实的词作,我们不仅可以深切地感知这个性情中人的人生,同时还会惊讶地发现,词这一体裁已经从歌筵酒席、小园香径,走向了广阔的天地,成为士大夫们书写怀抱、议论古今的工具,有了与诗文同等的座次。词境的开拓是东坡对于词史的贡献,他改变了词的走向。

苏东坡曾经问一个善歌的人:我的词与柳永相比如何?那人很风趣地回答:柳永的"杨柳岸,晓风残月",只适合十七八女郎,执红牙板歌唱;你的"大江东去",必须是关西大汉,持铜琵琶、铁绰板歌唱。东坡听了这话,想必是满意的。因为他在创作了《江城子·密州出猎》一词后,曾很得意地对朋友说:最近写了一些小词,在流行的柳永的风味外自成一家。他为"自成一家"而得意,显然是在努力超越晚唐五代以来婉约缠绵的词风,开创一种与传统曲子词迥然不同的风貌。这种风貌就是"大江东去"一词所代表的雄迈豪放的风格。这一类感情奔放、气势雄壮、境界阔大、笔力挥洒之作,在他的前辈和同时代词人的作品中是无法读到的。

东坡词广博而深厚,无论从哪个视角去品味,都难以穷尽。正如东坡精神从未被打败一样,东坡词也具有着永恒的生命力。

本书从《全宋词》中选录东坡词108首,约占东坡词总数的三分之一。作品的有些字词,因根据其他版本校改会有不同。对每首词的解读,尽可能地根据词人创作的年月、地点、际遇、心境、意图及惨淡经营的匠心,作一番简明扼要的阐释剖析。考虑到一家之说未必周详,故又列出"辑评"一目,收录前贤有关评论,以备读者观览。

目录

前言   1

水龙吟（似花还似非花）   1

满庭芳（归去来兮，吾归何处）   4

满庭芳（蜗角虚名）   7

满庭芳（三十三年）   10

水调歌头（落日绣帘卷）   14

水调歌头（明月几时有）   18

水调歌头（昵昵儿女语）   21

满江红（江汉西来）   24

满江红（东武城南）   26

归朝欢（我梦扁舟浮震泽）   28

念奴娇（大江东去）   30

沁园春（孤馆灯青）   34

一丛花（今年春浅腊侵年）   36

木兰花令（霜余已失长淮阔）   38

西江月（点点楼头细雨）   40

西江月（世事一场大梦）   42

西江月（玉骨那愁瘴雾）   43

西江月（照野弥弥浅浪）   46

西江月（三过平山堂下）   48

临江仙(忘却成都来十载)　　　50

临江仙(尊酒何人怀李白)　　　51

临江仙(一别都门三改火)　　　53

临江仙(夜饮东坡醒复醉)　　　55

鹧鸪天(林断山明竹隐墙)　　　56

鹧鸪天(笑捻红梅亸翠翘)　　　57

少年游(去年相送)　　　　　　59

定风波(莫听穿林打叶声)　　　60

定风波(好睡慵开莫厌迟)　　　62

定风波(常羡人间琢玉郎)　　　64

南乡子(晚景落琼杯)　　　　　65

南乡子(寒雀满疏篱)　　　　　67

南乡子(霜降水痕收)　　　　　68

南乡子(回首乱山横)　　　　　71

南乡子(凉簟碧纱厨)　　　　　73

南歌子(山与歌眉敛)　　　　　74

南歌子(雨暗初疑夜)　　　　　77

南歌子(带酒冲山雨)　　　　　78

好事近(湖上雨晴时)　　　　　79

望江南(春未老)　　　　　　　81

卜算子(缺月挂疏桐)　　　　　82

十拍子（白酒新开九酝）　　　　　86

昭君怨（谁作桓伊三弄）　　　　　87

贺新郎（乳燕飞华屋）　　　　　　88

洞仙歌（江南腊尽）　　　　　　　92

洞仙歌（冰肌玉骨）　　　　　　　94

八声甘州（有情风万里卷潮来）　　98

阮郎归（绿槐高柳咽新蝉）　　　　101

江城子（梦中了了醉中醒）　　　　104

江城子（翠蛾羞黛怯人看）　　　　106

江城子（凤凰山下雨初晴）　　　　108

江城子（老夫聊发少年狂）　　　　110

江城子（天涯流落思无穷）　　　　111

江城子（相逢不觉又初寒）　　　　114

江城子（十年生死两茫茫）　　　　116

蝶恋花（花褪残红青杏小）　　　　117

蝶恋花（雨后春容清更丽）　　　　120

蝶恋花（簌簌无风花自堕）　　　　121

蝶恋花（灯火钱塘三五夜）　　　　123

采桑子（多情多感仍多病）　　　　125

永遇乐（长忆别时）　　　　　　　126

永遇乐（明月如霜）　　　　　　　128

行香子（清夜无尘）　　　　131

行香子（携手江村）　　　　133

行香子（昨夜霜风）　　　　135

行香子（一叶舟轻）　　　　136

菩萨蛮（秋风湖上萧萧雨）　　138

菩萨蛮（买田阳羡吾将老）　　139

虞美人（湖山信是东南美）　　141

虞美人（波声拍枕长淮晓）　　142

哨遍（为米折腰）　　　　144

醉落魄（分携如昨）　　　　147

醉落魄（苍颜华发）　　　　149

醉落魄（轻云微月）　　　　150

如梦令（为向东坡传语）　　151

如梦令（手种堂前桃李）　　152

阳关曲（暮云收尽溢清寒）　　153

阳关曲（受降城下紫髯郎）　　154

阳关曲（济南春好雪初晴）　　156

减字木兰花（双龙对起）　　157

减字木兰花（春牛春杖）　　158

浣溪沙（山下兰芽短浸溪）　　160

浣溪沙（覆块青青麦未苏）　　161

浣溪沙(醉梦昏昏晓未苏)   162

浣溪沙(万顷风涛不记苏)   162

浣溪沙(菊暗荷枯一夜霜)   164

浣溪沙(照日深红暖见鱼)   165

浣溪沙(旋抹红妆看使君)   166

浣溪沙(麻叶层层苘叶光)   167

浣溪沙(簌簌衣巾落枣花)   167

浣溪沙(软草平莎过雨新)   168

浣溪沙(道字娇讹苦未成)   171

浣溪沙(风压轻云贴水飞)   172

浣溪沙(细雨斜风作晓寒)   175

青玉案(三年枕上吴中路)   176

江城子(前瞻马耳九仙山)   179

江城子(墨云拖雨过西楼)   180

点绛唇(红杏飘香)   181

满庭芳(归去来兮,清溪无底)   182

南乡子(千骑试春游)   185

行香子(北望平川)   187

蝶恋花(春事阑珊芳草歇)   189

蝶恋花(记得画屏初会遇)   191

蝶恋花(蝶懒莺慵春过半)   192

念奴娇（凭高眺远）　　　　　193

渔父（渔父饮）　　　　　　　195

渔父（渔父醉）　　　　　　　197

渔父（渔父醒）　　　　　　　197

渔父（渔父笑）　　　　　　　197

东坡词评　　　　　　　　　　200

东坡年表　　　　　　　　　　209

水龙吟

次韵章质夫杨花词①

似花还似非花，也无人惜从教坠②。抛家傍路，思量却是，无情有思③。萦损柔肠，困酣娇眼，欲开还闭④。梦随风万里，寻郎去处，又还被、莺呼起⑤。 不恨此花飞尽，恨西园、落红难缀⑥。晓来雨过，遗踪何在⑦，一池萍碎⑧。春色三分，二分尘土，一分流水⑨。细看来，不是杨花，点点是离人泪。

注释

① 次韵：或称步韵，即依照所和诗中的韵作诗，且用韵的先后次序都相同。章质夫：章楶（jié 节），字质夫，浦城（今属福建）人，仕至枢密院事。其《水龙吟》词如下："燕忙莺懒花残，正堤上柳花飘坠。轻飞点画青林，谁道全无才思。闲趁游丝，静临深院，日长门闭。傍珠帘散漫，垂垂欲下，依前被、风扶起。 兰帐玉人睡觉，怪春衣、雪沾琼缀。绣床渐满，香球无数，才圆却碎。时见蜂儿，仰粘轻粉，鱼吹池水。望章台路杳，金鞍游荡，有盈盈泪。"

② 从教：任凭。

水龙吟　苏　轼

　　似花还似非花，也无人惜从教坠。抛家傍路，思量却是，无情有思。萦损柔肠，困酣娇眼，欲开还闭。梦随风万里，寻郎去处，又还被、莺呼起。　　不恨此花飞尽，恨西园、落红难缀。晓来雨过，遗踪何在，一池萍碎。春色三分，二分尘土，一分流水。细看来，不是杨花，点点是离人泪。

——明刊本《诗余画谱》

③ "抛家"三句:意谓杨花离开枝头飘落于路旁,看似无情,却像
　　是有意。有思,即有情。

④ "萦损"三句:意谓柔肠被愁思所绕,双眼因春困而倦。这三
　　句是以女子愁苦和困倦的情态描写杨花。

⑤ "梦随"三句:化用金昌绪《春怨》"打起黄莺儿,莫教枝上啼。
　　啼时惊妾梦,不得到辽西"诗意。

⑥ 落红难缀:落花已无法再连接上枝头了。

⑦ 遗踪:指杨花的踪迹。

⑧ 一池萍碎:苏轼自注:"杨花落水为浮萍,验之信然。"这实际
　　上是古人的一种误解。

⑨ "春色"三句:意谓三分春色,二分落在地上化为尘土,一分落
　　入水中随之流逝。这是表明春色已残。

解读

　　这是一首咏物词。当时苏轼的朋友章质夫写了一首咏杨花的
《水龙吟》词。全词用白描手法,将杨花刻画得惟妙惟肖,因而传诵
一时。苏轼这首和词的高明之处在于,他没有步章质夫之后尘,对
杨花作毫发毕肖的描摹,而是以思妇之情咏杨花,融入人生之意味,
因而更能引人遐想。所以刘熙载曾精到地指出:东坡《水龙吟》起云
"似花还似非花",此句可作全词评语,盖不离不即也。(《艺概》)

辑评

　　张炎云:东坡次章质夫杨花《水龙吟》韵,机锋相摩,起句便

合让东坡出一头地，后片愈出愈奇，真是压倒今古。（《词源》）

杨慎云：坡公词潇洒出尘，胜质夫千倍。　　又云：质夫词，工手；坡老词，仙手。（杨慎评本《草堂诗余》）

沈谦云：东坡"似花还似非花"一篇，幽怨缠绵，直是言情，非复赋物。（《填词杂说》）

陈廷焯云：淋漓曲折，踌躇满志，词中能事，至斯已极。（《云韶集》）　　又云：身世流离之感而出以温婉语，令读者喜悦悲歌，不能自已。（《词则·大雅集》）

王国维云：咏物之词，自以东坡《水龙吟》为最工。（《人间词话》）

俞陛云云：起两句已吸取杨花之全神。"无情有思"句以下，人与花合写，情味悠然。转头处别开一境。"西园落红"句隐喻人亡邦瘁，怒然忧国之思。"遗踪""萍碎"句仍归到本题。"春色"三句万紫千红，同归尘劫，不仅为杨花惜也。结句怨悱之怀，力透纸背，既伤离索，兼有迁谪之感。质夫原唱，亦清丽可诵。（《宋词选释》）

满庭芳

元丰七年四月一日，余将去黄移汝①，留别雪堂邻里二三君子②。会李仲览自江东来别③，遂书以遗之。

归去来兮，吾归何处，万里家在岷峨④。百年强半⑤，来日苦无多。坐见黄州再闰⑥，儿童尽、楚语吴歌⑦。山中友，鸡豚社酒⑧，相劝老东坡⑨。　　云何？当此去，人生底事，来往如梭。待闲看，秋风洛水清波⑩。好在堂前细柳，应念我、莫剪柔柯⑪。仍传语，江南父老，时与晒渔蓑⑫。

注释

① 去黄移汝：此时作者由黄州调为汝州（今河南临汝）团练副使。

② 雪堂：作者在黄州的住所。

③ 会：恰逢。李仲览：李翔，字仲览，湖北兴国人，作者友人，工吟咏。

④ 岷峨：位于四川的岷山、峨眉山。作者系四川眉山人，故说家在岷峨。

⑤ 强半：大半。作者当时四十九岁，故这样说。

⑥ "坐见"句：意谓空度了黄州的岁月。坐见，白白度过。再闰，东坡谪居黄州四年多，其间元丰三年有闰九月，元丰六年有闰六月，故曰"再闰"。

⑦ "儿童"句：言孩子们在这里住久了，说话也都是吴楚之音了。

⑧ 鸡豚社酒：谓在祭社神之日聚会饮酒为乐。鸡豚，鸡肉与猪肉。

⑨ 老东坡：在东坡度晚年。

⑩ 洛水：即洛河，流经河南洛阳，与汝州很近。

⑪ 柔柯：细枝。这里指柳条。苏轼曾在东坡雪堂前亲手栽植柳树。

⑫ 渔蓑：渔父的蓑衣。

解读

苏轼被贬黄州的第五年，奉诏调任汝州（今河南临汝）团练副使。离去之日，邻居与友人前来相送，苏轼遂作此词以告别。起首突兀而来，直抒欲回家乡"岷峨"的强烈愿望。"百年"二句补叙"归去"缘由，透出失意的情怀。接下笔锋一转，回到别黄主题，先以"坐见"二句写自己留恋黄州的风土人情，再以"山中"三句写黄州的父老乡亲挽留自己，表达不忍归去之意。过片以"云何"、"底事"的设问，感慨仕途奔波，人生飘泊，于直致中显出沉郁与苍凉。"待闲看"二句宕开，表明自己对这次迁徙持随缘的态度。结末的请求邻里莫剪我手植之细柳，托付乡老常晒我曾穿之渔蓑，既呼应"归去"，又再次表明自己对黄州的依依之情。全词纵收开合，转折顿宕，将自己丰富复杂的内心情感表达得淋漓尽致。

辑评

郑文焯云：使君抱负不凡。（《大鹤山人词话》）

俞陛云云:东坡在黄州,寒食开海棠之宴,秋江泛赤壁之舟,历五年之久,临别依依。"坐见"以下四句及"细柳"以下四句,情意真切,属辞雅逸,便成佳构。(《宋词选释》)

刘永济云:此词乃东坡别黄州邻里父老所作。首用渊明《归去来辞》,表示思归西蜀故里,但移汝乃君命,此时仍在待罪之中,不能自由归去也。次言在黄州久与其地邻里友爱甚洽,表示不忍别去之意。下半阕言不得不去,因叹人生无定,来往如梭。末则留恋黄州雪堂也。渔蓑乃东坡在雪堂钓鱼所服。全首词气和平,情致温厚,如见此老当日情事。盖东坡被罪谪黄,人皆知其冤,黄州父老皆敬爱之,故临去有此依依之情也。(《唐五代两宋词简析》)

满庭芳

蜗角虚名,蝇头微利①,算来着甚干忙②。事皆前定,谁弱又谁强③。且趁闲身未老④,尽放我、些子疏狂⑤。百年里,浑教是醉,三万六千场⑥。
思量,能几许,忧愁风雨⑦,一半相妨。又何须抵死⑧,说短论长。幸对清风皓月,苔茵展、云幕高张⑨。江南好,千钟美酒,一曲《满庭芳》。

注释

① 蜗角：蜗牛角。蝇头：苍蝇头。比喻极其微小。

② 着甚：为何。干忙：空忙。

③ "谁弱"句：《老子》第三十六章云："柔弱胜刚强。"

④ 闲身：指自己被贬之身。

⑤ 些子：一些。疏狂：不受拘束。

⑥ "百年"三句：李白《襄阳歌》："百年三万六千日，一日须倾三百杯。"浑，全。

⑦ "思量"三句：盘算一下春色能有多少？忧愁和风雨各其半。叶清臣《贺圣朝》词："三分春色二分愁，更一分风雨。"

⑧ 抵死：竭力地。

⑨ "苔茵"句：即以天为幕，以地当席。苔茵，草地。

解读

　　苏轼被贬黄州，是他人生遭受的第一次重大打击。他的人生态度一时而愤世嫉俗起来，这首作于黄州的《满庭芳》便表达了这种情绪。起首以"蜗角"喻"虚名"，以"蝇头"喻"微利"，直接表明对名利的鄙视。紧接着又以"干忙"嘲讽那些忙碌于追名逐利之人。在词人看来，名利之不惟不足争，亦不可争，因为"事皆前定"，得者未必强，失者未必弱。所以"且趁"句以下，以人生不足百年提醒自己不妨放任率性，于醉乡中求得超脱。过片从春色可贵、为欢几何入笔，劝说人们不必浪费时间对现实说短论

满庭芳　苏 轼

　　蜗角虚名，蝇头微利，算来着甚干忙。事皆前定，谁弱又谁强。且趁闲身未老，尽放我、些子疏狂。百年里，浑教是醉，三万六千场。　　思量，能几许，忧愁风雨，一半相妨。又何须抵死，说短论长。幸对清风皓月，苔茵展、云幕高张。江南好，千钟美酒，一曲《满庭芳》。

　　　　　　　　　　　——明刊本《诗余画谱》

9

长,赶快去享受良辰美景,在清风明月的江南,席天幕地,举酒千杯,放喉高歌。整首词兼抒情、议论、写景于一体,而议论的成分尤为显著。但由于词人对人生沉浮、仕途得失有强烈的感受,乃至深切的体察,故议论中贯穿抒情,抑扬顿挫,感慨淋漓。

辑评

《玉林词选》云:东坡《满庭芳》词一阕,碑刻遍传海内,使功名竞进之徒读之,可以解体;达观恬淡之士歌之,可以娱生。(陈秀明《东坡诗话录》引)

沈际飞云:月读一过,身世都忘。(《草堂诗余正集》)

李攀龙云:细嚼此词而绎其意,自然胸次广大,识见高明,居易俟命,而不役于蜗名蝇利间矣。(《新刻题评名贤词话草堂诗余》)

潘游龙云:坡老此篇专在唤醒俗人,故不着一深语。(《古今诗余醉》)

满庭芳

有王长官者①,弃官三十三年,黄人谓之王先生。因送陈慥来过余②,因赋此。

三十三年，今谁存者，算只君与长江。凛然苍桧，霜干苦难双③。闻道司州古县④，云溪上、竹坞松窗⑤。江南岸，不因送子，宁肯过吾邦⑥。　　拟拟⑦，疏雨过，风林舞破⑧，烟盖云幢⑨。愿持此邀君，一饮空缸⑩。居士先生老矣⑪，真梦里、相对残釭⑫。歌声断，行人未起，船鼓已逢逢⑬。

注释

① 王长官：名与事迹不详，只知其曾做过黄陂县令。

② 陈慥：字季常，号方山子，系作者友人。过：探望。

③ "凛然"二句：喻王长官的品格。桧(guì 贵)，一种高大乔木。霜干，饱经风霜的树干。苦难双，极难能与之相比。

④ 司州古县：指黄陂。黄陂属黄州，唐曾以黄陂县置南司州。王弃官后隐居于这一带。

⑤ 竹坞松窗：竹子做成的围墙，松枝编织的窗户。

⑥ "江南岸"三句：如果你不是为送陈慥去江南，怎么会来到我这地方呢？

⑦ 拟(chuāng 窗)拟：象声词，这里指风雨声。

⑧ "风林"句：风在狂舞，似要吹破树林。

⑨ "烟盖"句：言王长官的车子似乎从烟云中来。盖，车盖。幢，车帘。

⑩ "愿持此"二句：谓愿借助王长官来时的景象相邀对饮，一口

满庭芳　苏轼手迹

　　三十三年，今谁存者，算只君与长江。凛然苍桧，霜干苦难双。闻道司州古县，云溪上、竹坞松窗。江南岸，不因送子，宁肯过吾邦。　　拟拟，疏雨过，风林舞破，烟盖云幢。愿持此邀君，一饮空缸。居士先生老矣，真梦里、相对残釭。歌声断，行人未起，船鼓已逢逢。

气把缸中的酒喝完。

⑪ 居士先生：作者自指。

⑫ 釭(gāng 刚)：灯。

⑬ 逢(péng 朋)逢：鼓声。

解读

　　题序中讲到两个人，一是王长官，一是陈慥。王长官曾经做过湖北黄陂县令，三十三年前辞官隐居。陈慥与苏轼经常往来，苏轼曾为其作有《方山子传》。在传中苏轼说到光州、黄州一带"多异人"，陈慥是其中之一，其他一些异人往往"不可得而见"。元丰六年（1083）五月，王长官因送陈慥去江南，经过黄州，苏轼终于见到了这位心仪已久的"异人"，这首词便是叙述与王长官的相见与相别。起首三句将王长官与长江并举，已见出王长官三十三年来不改其志的行为在词人心目中的地位。这种行为自然源自他高洁的人品，所以"凛然"二句便颂扬其孤高傲然的品格。以下云溪、竹坞、松窗的描写，则展示其雅士的情怀。"江南岸"三句，既照应题序，又以其非专程而来表明相见之难，进一步突出王长官的为人之异。过片回叙王长官到访情形。"烟盖云幢"写王长官之高雅不凡，"一饮空缸"写词人之兴致飞扬。举杯畅饮，词人不胜酒力，故而叹"老"，故而相对残灯有如在梦中的感觉。结末三句则以船鼓催发，匆匆分手，表达深深的惜别之情。全词叙事与抒情相兼，用笔雄健，气象峥嵘，情感明朗。这种风格，恰与不同流俗的王长官的形象相称。

水调歌头

快哉亭作①

落日绣帘卷，亭下水连空。知君为我新作②，窗户湿青红③。长记平山堂上④，欹枕江南烟雨，杳杳没孤鸿。认得醉翁语⑤，山色有无中。　　一千顷⑥，都镜净，倒碧峰。忽然浪起，掀舞一叶白头翁⑦。堪笑兰台公子⑧，未解庄生天籁⑨，刚道有雌雄⑩。一点浩然气，千里快哉风⑪。

注释

① 快哉亭：位于黄州江边，系张梦得(字怀民，又字偓佺)建于元丰六年(1083)。

② 新作：新建。

水调歌头　快哉亭作　苏　轼

　　落日绣帘卷，亭下水连空。知君为我新作，窗户湿青红。长记平山堂上，欹枕江南烟雨，杳杳没孤鸿。认得醉翁语，山色有无中。　　一千顷，都镜净，倒碧峰。忽然浪起，掀舞一叶白头翁。堪笑兰台公子，未解庄生天籁，刚道有雌雄。一点浩然气，千里快哉风。

——明刊本《诗余画谱》

③ 湿青红：指所涂的青油朱漆未干。

④ 平山堂：位于今江苏扬州，系欧阳修任扬州地方官时所建。

⑤ 醉翁语：指欧阳修《朝中措》词："平山阑槛倚晴空，山色有无中。"醉翁，欧阳修自号醉翁。

⑥ 一千顷：形容长江江面广阔。顷，百亩为一顷。

⑦ 白头翁：指划着一叶小舟的白发渔翁。

⑧ 兰台公子：指宋玉，因其曾为兰台令，故称。

⑨ 庄生天籁：庄子将声音分为人籁、地籁、天籁。天籁是自然界发出的音响。这里指的是风声。

⑩ 刚道：硬是说。雌雄：宋玉在《风赋》中说同样一阵风，吹在楚王身上感到"快哉"，而吹在老百姓身上就感到忧伤了。所以他将风分为雄风与雌风，雄风为大王之风，雌风为庶人之风。

⑪ "一点"二句：胸中有了浩然之气，自能享受到快哉之风。浩然气，至大至刚的正气。快哉风，语出宋玉《风赋》，即所谓大王雄风。

解读

　　苏轼被贬黄州期间，有个叫张怀民的亦于元丰六年（1083）三月谪放黄州。他们结识后，因气味相投而成为好友。是年十月十二日，苏轼前往张怀民暂住的承天寺与之一起赏月，写下了著名的《记承天寺夜游》一文。十一月，张怀民在其新居西南筑亭，以观览长江胜景，苏轼为其取名为"快哉亭"，并赠其这首《水调歌头》，他的弟弟苏辙则同时写有《黄州快哉亭记》。词与文都是传诵千古的佳作,但相对而言,苏轼在百字内写快哉亭更显难度。上片写快哉亭四周景色。开端夕阳与亭台相映、江水与碧空相接的描写,乃词人亭中所见之景。"知君"二句转向自身,点明与造亭主人的关系。然后以当年在平山堂所见烟雨迷蒙、孤鸿杳杳、山色似有若无之佳境来想象快哉亭的景致。虚实结合的笔法,弥补了时空的局限,展现了快哉亭景色的丰富变化。下片写快哉亭命名之由。"一千顷"五句都是实景,以大风掀浪引出宋玉《风赋》,批评他不解快哉之风乃庄子所说"天籁",而认为只有大王才能享受,指出一个人只要胸中有"浩然"之气,便自能领略大自然"快哉风"的舒适。这一番议论,无疑是表明作者的人生态度:只要襟怀坦荡,泰然面对一切,自得其乐,何处不是快境?亭名"快哉",其意也正在于此。

辑评

杨慎云:结句雄奇,无人敢道。(杨慎评本《草堂诗余》)

黄苏云:前阕从"快"字之意入,次阕起三语,承上阕写景。"忽然"二句一跌,以顿出末二句来。结处一振,"快"字之意方足。(《蓼园词评》)

郑文焯云:此等句法,使作者稍稍矜才使气,便入粗豪一派,妙能写景中人,用生出无限情思。(《大鹤山人词话》)

俞陛云云:快哉亭与平山堂皆擅登临之胜,故联想及之。转头处五句及上阕"欹枕"四句想见江湖豪兴,其语气清快,如以并刀削哀梨也。(《宋词选释》)

水调歌头

丙辰中秋①,欢饮达旦,大醉,作此篇。兼怀子由②。

明月几时有,把酒问青天。不知天上宫阙,今夕是何年。我欲乘风归去③,又恐琼楼玉宇④,高处不胜寒。起舞弄清影,何似在人间。　　转朱阁,低绮户⑤,照无眠。不应有恨,何事长向别时圆。人有悲欢离合,月有阴晴圆缺,此事古难全。但愿人长久,千里共婵娟⑥。

注释

① 丙辰:宋神宗熙宁九年(1076)。

② 子由:苏轼之弟苏辙,字子由。

③ 归去:苏轼曾自比谪仙,故称上天为"归去"。

④ 琼楼玉宇:指月宫。

⑤ 绮户:雕刻花纹的门窗。

⑥ 婵娟:美好的形态,这里指月亮。

解读

此词作于神宗熙宁九年(1076)。当时,苏轼为避开汴京的政治漩涡而在密州做官,其唯一的亲人弟弟子由则远在齐州任

水调歌头　苏　轼

　　明月几时有，把酒问青天。不知天上宫阙，今夕是何年。我欲乘风归去，又恐琼楼玉宇，高处不胜寒。起舞弄清影，何似在人间。　　转朱阁，低绮户，照无眠。不应有恨，何事长向别时圆。人有悲欢离合，月有阴晴圆缺，此事古难全。但愿人长久，千里共婵娟。

——明刊本《诗余画谱》

掌书记。中秋之夜,处在政治上失意及与亲人离别之中的苏轼,不免有感于怀,故作此词。词上片先凌空而起,由月而生"乘风归去"之念,然又恐天上宫阙,高不胜寒,于是又陡转到眼前现实中,起舞弄影,觉人间欢乐正多。下片先由月光流照、离人难眠生发"何事长向别时圆"的疑问,随后再以人有离合悲欢,月有盈亏阴晴,此皆常事的老庄思想来自慰自解,最后发出"但愿人长久,千里共婵娟"的希求,与子由共勉。全词纵览古今变迁,横观天地流转,以跌宕流动之笔,写缠绵惋恻之思,极尽空灵蕴藉之致。词中所表现出的积极乐观的人生态度,乃是出于作者达观超脱的浩逸襟怀,而这种达观超脱的浩逸襟怀,又使他构造出一个奇逸清旷、轶尘绝俗的词境,所以李佳赞叹说:"此老不特兴会高骞,直觉有仙气缥缈于毫端。"(《左庵词话》)

辑评

胡仔云:中秋词自东坡《水调歌头》一出,余词尽废。(《苕溪渔隐丛话》)

张炎云:清空中有意趣,无笔力者未易到。(《词源》)

杨慎云:此等词翩翩羽化而仙,岂是烟火人道得只字。(杨慎评本《草堂诗余》)

董毅云:忠爱之言,恻然动人。神宗读"琼楼玉宇,高处不胜寒"之句,以为"终是爱君",宜矣。(《续词选》)

黄苏云:按通首只是咏月耳。前阕是见月思君,言天上宫阙,高不胜寒,但仿佛神魂归去,几不知身在人间也。次阕,言月何不照人欢洽,何似有恨,偏于人离索之时而圆乎？复又自解,人有离合,月有圆缺,皆是常事,惟望长久,共婵娟耳。缠绵惋恻之思,愈转愈曲,愈曲愈深。忠爱之思,令人玩味不尽。(《蓼园词评》)

王国维云:东坡之《水调歌头》,则仁兴之作,格高千古,不能以常调论也。(《人间词话》)

郑文焯云:发端从太白仙心脱化,顿成奇逸之笔。(《大鹤山人词话》)

水调歌头

欧阳文忠公尝问余①:"琴诗何者最善?"答以退之《听颖师琴》诗最善②。公曰:"此诗最奇丽,然非听琴,乃听琵琶也。"余深然之。建安章质夫家善琵琶者③,乞为歌词。余久不作,特取退之词,稍加隐括④,使就声律,以遗之云。

昵昵儿女语,灯火夜微明。恩怨尔汝来去,弹指泪和声⑤。忽变轩昂勇士,一鼓阗然作气,千里不留行⑥。回首暮云远,飞絮搅青冥⑦。   众禽里,真彩凤,独不鸣。跻攀寸步千险,一落百寻轻⑧。烦子指间风雨，置我肠中冰炭⑨，起坐不能平。推手从归去，无泪与君倾⑩。

注释

① 欧阳文忠：即欧阳修，文忠系其谥号。

② 退之：韩愈，字退之。《听颖师弹琴》诗："昵昵儿女语，恩怨相尔汝。划然变轩昂，勇士赴敌场。浮云柳絮无根蒂，天地阔远随飞扬。喧啾百鸟群，忽见孤凤凰。跻攀分寸不可上，失势一落千丈强。嗟余有两耳，未省听丝篁。自闻颖师弹，起座在一旁。推手遽止之，湿衣泪滂滂。颖乎尔诚能，无以冰炭置我肠。"

③ 章质夫：名楶，字质夫。

④ 隐括：根据某种文体原有的内容和词句剪裁、改写成另一种体裁。

⑤ "昵昵"四句：形容乐声轻柔细屑，如小儿女窃窃私语，互诉衷肠。昵昵，亲密貌。尔汝，你我，这里表示亲密无间。弹指，即弹指间，言时间短暂。

⑥ "忽变"三句：形容乐声昂扬激烈，如勇士们拼杀战场，一往直前。填然，形容鼓声的响亮。千里不留行，《庄子·说剑》："臣之剑，十步一人，千里不留行。"指所向无敌，行千里而不被阻留。李白《侠客行》："十步杀一人，千里不留行。"

⑦ "回首"二句：形容乐声在高潮过后的悠扬飘逸。青冥，青天。

⑧ "众禽里"五句：谓在百鸟的喧闹声中，有一只凤凰的声音尤为动听，它似乎忽而在艰难地攀跻，忽而又下跌到万丈深渊。攀跻与下跌系形容乐声的高低变化，也包含词人对自己境遇的慨叹。寻，古人以八尺为一寻。

⑨ "烦子"二句：谓有劳琴师能于指间呼风唤雨，使我一会儿满腔高兴，一会儿心情沮丧，如同冰与炭同时置入我肠中。

⑩ "推手"二句：打手势让琴师回去，我泪已流尽，不能再为你流泪了。

解读

题序告诉我们，因为章质夫家乐师求词，苏轼便将韩愈《听颖师弹琴》诗改写成这首《水调歌头》送给他。隐括词属于文字游戏，意义不大，但此词在保持原作妙趣神韵的同时，能融入自己听乐的感受，读来浑成自然，所以也不失是一种创造。韩诗中"推手遽止之，湿衣泪滂滂"在苏词中翻进一层，变为"推手从归去，无泪与君倾"，结合苏轼当时被贬黄州的处境来看，显然倾注了自己的真情。

辑评

刘克庄云：隐括他人之作，当如汉王晨入信、耳军，夺其旗鼓，盖其作略气魄，固已陵暴之矣。坡公此词是也。他人勉强为之，气尽力竭，在此则指麾呼唤不来，在彼则颉颃偃蹇不受令，勿作可矣。（《后村题跋》）

沈际飞云:其缓调高弹,急节促挝,可以目听。(《草堂诗余别集》)

满江红

寄鄂州朱使君寿昌①

　　江汉西来②,高楼下③,蒲萄深碧④。犹自带、岷峨云浪,锦江春色⑤。君是南山遗爱守⑥,我为剑外思归客⑦。对此间、风物岂无情,殷勤说。　　江表传⑧,君休读。狂处士⑨,真堪惜。空洲对鹦鹉⑩,苹花萧瑟。不独笑书生争底事⑪,曹公黄祖俱飘忽。愿使君、还赋谪仙诗,追黄鹤⑫。

注释

① 朱寿昌,字康叔,时知鄂州(今湖北武汉)。

② 江汉:长江和汉水。江汉二水自西流至武汉汇合后再向东流去。

③ 高楼:从本词末句可知,此指黄鹤楼。

④ 蒲萄深碧:形容碧绿的江水。李白《襄阳歌》:"遥看汉水鸭头绿,恰似葡萄初酦醅。"

⑤ "犹自带"二句：江水中含有家乡岷山、峨眉山的融雪以及锦江的春色。锦江水流入岷江，岷江水又流入长江。

⑥ "君是"句：称赞朱寿昌有政绩。南山，即终南山。朱寿昌曾在靠近终南山的陕州任通判。遗爱守，留下仁政的太守。

⑦ 剑外：指蜀中地区。相对唐朝京城长安来说，蜀中在剑阁之南，故称。

⑧ 江表传：记载三国时吴国人事的一本书，今已佚。

⑨ 狂处士：指祢衡。祢衡，字正平，《后汉书》称他"少有才辩，而尚气刚傲，好矫时慢物"。曾当众辱曹操，操想杀他，又怕被人说不能容人，便将其送给荆州刺史刘表，想让刘表杀他。刘表又将其转送给性急的江夏太守黄祖，最后为黄祖所杀。处士，未出仕者。

⑩ 空洲对鹦鹉：即空对鹦鹉洲。祢衡在江夏时曾写《鹦鹉赋》，其死后被埋在当地汉江边沙洲上，此地遂称鹦鹉洲。

⑪ 底事：何事。

⑫ 追黄鹤：崔颢游武昌，曾写过一首《黄鹤楼》诗，被称为谪仙的李白到黄鹤楼读此诗后感叹道："眼前有景道不得，崔颢题诗在上头。"后来写了一首《登金陵凤凰台》，有意与崔颢争胜。

解读

这是一首寄赠之作。作者先是描绘黄鹤楼下壮丽的江景，然后赞美在此任职的朱使君是一位在民间留有仁政的太守。对一个"剑外"之客而言，眼前的风景人物固然令人爱赏，而历史上这里所发生的人事更令人动情,于是以"殷勤说"引出当年才华出众的"狂处士"祢衡被杀之事。作者叹惜的是祢衡,但着眼点却在借刀杀人的曹操与直接杀人的黄祖也都已像过眼烟云一样"飘忽"而过,所以接下便笔锋一转,希望朱使君能够超脱政治,追攀前贤,像崔颢、李白那样留下传诵一时的诗篇。此词作于苏轼被贬黄州之际,字里行间透露出一股对政治失意的郁悒不平之气。

满江红

东武会流杯亭①

东武城南,新堤固、涟漪初溢。隐隐遍、长林高阜②,卧红堆碧③。枝上残花吹尽也,与君更向江头觅。问向前、犹有几多春④,三之一。　　官里事,何时毕。风雨外,无多日。相将泛曲水⑤,满城争出。君不见兰亭修禊事,当时坐上皆豪逸。到如今、修竹满山阴,空陈迹。

注释

① 东武:即密州治所诸城(今属山东)。会:聚会。

② 长林高阜:茂密的树林,高高的山冈。

③ 卧红堆碧:指飘落在地的花瓣和树叶。

④ 向前:前面,未来。

⑤ 相将:彼此相扶。泛曲水:农历三月上旬的巳日,古人有到水
边游浴采兰以消除不祥的习俗,这种活动称为"修禊",并逐
渐在文人中演化成为"流觞曲水",即人们坐于弯曲的水道
旁,将酒杯置于水中,任其漂流,杯子停在谁的面前,谁就取
杯饮酒。时间也固定在三月三日。晋王羲之《兰亭集序》中,
记载了当时文人与名士于永和九年的上巳日聚集会稽山阴
(今浙江绍兴)兰亭之事。

解读

　　王羲之在《兰亭集序》中,为人生无常而兴叹生愁,并推想
"后之视今,亦犹今之视昔"。果不其然,七百多年后的苏轼用这
首词应验了这段话。词作于熙宁九年(1076)上巳日,词人在密
州城南流觞曲水时,忆及兰亭盛会,抒发欢聚难常的感伤。上
片写城南游春,写春色流逝,写欲去觅春而三分春色只留得一
分。过片感叹官里事纷繁,好日子无多,随后转到如今雅集、
百姓争观场面,言眼下虽为盛事,但世事流转,后人之感于今,
亦如今之感昔日兰亭修禊已成陈迹。全词由春逝兴感,由兰
亭生悲,渗透了词人对于自然、时间、生命和历史意义的思考
与感悟。

归朝欢

和苏坚伯固

我梦扁舟浮震泽①，雪浪摇空千顷白②。觉来满眼是庐山，倚天无数开青壁③。此生长接淅④，与君同是江南客⑤。梦中游，觉来清赏，同作飞梭掷⑥。　　明日西风还挂席⑦，唱我新词泪沾臆⑧。灵均去后楚山空，澧阳兰芷无颜色⑨。君才如梦得⑩，武陵更在西南极⑪。竹枝词，莫徭新唱，谁谓古今隔⑫。

注释

① 震泽：即今无锡太湖。

② 雪浪摇空：指白浪滔天。

③ "倚天"句：形容庐山高耸入云，峭壁青翠。

④ 接淅(xī析)：漉干已淘的米,比喻累遭贬谪,行色匆忙,不及炊而行。接,漉干。淅,淘米。

⑤ "与君"句：苏伯固此时往澧阳(今湖南澧县),故云"同是江南客"。

⑥ 飞梭掷：言时光如飞梭一般。

⑦ 挂席：扬帆。

⑧ 泪沾臆：泪流满胸。

⑨ "灵均"二句：指屈原离开人世后,楚地一片空寂,连兰草和白芷也失去了往日的色彩。灵均,屈原,字灵均。澧阳,古属楚地。

⑩ 梦得：刘禹锡,字梦得,唐代诗人。

⑪ "武陵"句：谓武陵还在苏伯固将去的澧阳的西南端。武陵,今湖南常德,刘禹锡曾贬此地。

⑫ "竹枝"三句：意谓昔日刘禹锡的《竹枝词》,今日苏伯固的莫傜词,两者不分上下,古今无隔。莫傜,少数民族,即今瑶族,分布在湖南澧阳等地。

解读

绍圣元年(1094)四月,苏轼因在朝中所作诰词涉嫌"讥斥先朝"而获罪,于定州(今河北定县)贬至英州(今广东英德),途中又追贬惠州(今广东惠阳)安置。七月行至九江,遇到了前往澧阳的好友苏伯固,便同游庐山。歧路分手之际,苏轼作此词以赠。起首四句写景,前二句系梦境,后二句系实境。扁舟太湖是词人梦寐以求的人生,青壁庐山是词人梦醒面对的现实,所以庐山胜景并没有引起词人多少兴奋,反而生出"此生长接淅"的感慨。接下

"与君同是",既绾合了双方,又点明苏伯固此时亦怀"江南客"的感伤。在这种心境之中,梦游太湖也好,清赏庐山也罢,自然都如飞梭一般,一瞬即逝,令人怅惘。过片写分别。西风扬帆,唱我新词而泪湿衣襟,可见友情之深。"灵均"以下,从苏伯固所往之地生发联想,以屈原已逝,楚地无人,兰芷失色,鼓励苏伯固学当年刘禹锡被贬武陵写《竹枝词》,到澧阳后也创作出可相媲美的"莫傜新唱"。如果真能这样的话,那就异代同辉,古今无隔,没有什么可遗憾的了。从此词的写作背景看,词人是被贬之身,苏伯固赴澧阳亦非好差,客中送客,词中虽不免有人生飘忽之感,但更多地是让人感受到了词人在逆境中的积极开朗的人生态度。

辑评

曾季狸云:东坡词中《归朝欢·和苏伯固》者,为送伯固往澧阳,故用灵均、梦得等事。今词中但云和伯固,而不言往澧也。(《艇斋诗话》)

念奴娇

赤壁怀古①

大江东去,浪淘尽、千古风流人物。故垒西

边②，人道是、三国周郎赤壁③。乱石穿空，惊涛拍岸，卷起千堆雪。江山如画，一时多少豪杰。 遥想公瑾当年，小乔初嫁了④，雄姿英发⑤，羽扇纶巾⑥，谈笑间、强虏灰飞烟灭⑦。故国神游，多情应笑我，早生华发⑧。人间如梦⑨，一尊还酹江月⑩。

注释

① 赤壁：此系黄州（今湖北黄冈）赤壁。三国时的赤壁大战在今湖北蒲圻。

② 故垒：过去的营垒。

③ 周郎：周瑜，字公瑾，青年时便为三国东吴将领，人称周郎，赤壁之战时任吴军总指挥。

④ "小乔"句：三国时乔公有两个女儿，人称大乔、小乔。大乔嫁孙策，小乔嫁周瑜。

⑤ 雄姿英发：仪态英气勃发，谈吐卓绝不群。

⑥ 羽扇纶（guān 关）巾：古代名士服饰。羽扇，鸟羽做的扇。纶巾，丝带做的头巾。周瑜系儒将，故作此装束。

⑦ 强虏：指曹操的军队。一作"樯橹"。

⑧ 华发：花白的头发。

⑨ 人间：一作"人生"。

⑩ 酹（lèi 类）：将酒浇在地上以作祭奠。

解读

被贬黄州的第三年(1082)七月,已是四十七岁的苏轼泛舟于赤壁之下,写下了著名的《赤壁赋》,随后又写下了这首千古绝唱。这是一首借古抒情之作,通过对赤壁宏伟壮丽景色的描绘和对古代英雄豪杰的缅怀,抒发了自己有志报国而壮志难酬的感慨。此词的独特成就在于,作者以丰富的想象、磅礴的气势、挥洒的笔力营造出一个宏大的境界,同时将自己对宇宙人生的思考置于其中,从而使全词呈现出沉雄豪放的艺术风格,这种风格在他的前辈和同时代人的作品中是无法读到的,所以胡寅说苏词"一洗绮罗香泽之态,摆脱绸缪宛转之度,使人登高望远,举首高歌,而逸怀浩气,超然乎尘垢之外"(《题酒边词》)。

辑评

胡仔云:东坡"大江东去"赤壁词,语意高妙,真古今绝唱。(《苕溪渔隐丛话》)

元好问云:夏口之战,古今喜称道之。东坡赤壁词,殆戏以周郎自况也。词才百许字,而江山人物无复余蕴,宜其为乐府绝唱。(《题闲闲书赤壁赋后》)

王世贞云:昔人谓铜将军、铁绰板唱苏学士"大江东去",十八九岁好女子唱柳屯田"杨柳外晓风残月",为词家三昧。然学士此词,亦自雄壮,感慨千古。果令铜将军于大江奏之,必能使江波鼎沸。(《艺苑卮言》)

念奴娇　赤壁怀古　苏　轼

　　大江东去，浪淘尽、千古风流人物。故垒西边，人道是、三
国周郎赤壁。乱石穿空，惊涛拍岸，卷起千堆雪。江山如画，一
时多少豪杰。　　遥想公瑾当年，小乔初嫁了，雄姿英发。羽扇
纶巾，谈笑间、强虏灰飞烟灭。故国神游，多情应笑我，早生华
发。人间如梦，一尊还酹江月。

——明刊本《诗余画谱》

黄苏云：题是怀古，意谓自己消磨壮心殆尽也。开口"大江东去"二句，叹浪淘人物，是自己与周郎俱在内也。"故垒"句至次阕"灰飞烟灭"句，俱就赤壁写周郎之事。"故国"三句，是就周郎拍到自己。"人生如梦"二句，总结以应起二句。总而言之，题是赤壁，心实为己而发。周郎是宾，自己是主。借宾定主，寓主于宾。是主是宾，离奇变幻，细思方得其主意处。不可但诵其词，而不知其命意所在也。（《蓼园词评》）

李佳云：淋漓悲壮，击碎唾壶，洵为千古绝唱。（《左庵词话》）

陈廷焯云：滔滔莽莽，其来无端。千古而下，更有何人措手？（《云韶集》）　　又云：大笔摩天，是东坡气概过人处，后人刻意摹仿，鲜不失之叫嚣矣。（《词则·大雅集》）

沁园春

赴密州，早行，马上寄子由①。

孤馆灯青，野店鸡号，旅枕梦残。渐月华收练②，晨霜耿耿③，云山摛锦④，朝露漙漙⑤。世路无穷，劳生有限⑥，似此区区长鲜欢⑦。微吟罢，凭征鞍无语，往事千端。　　当时共客长安⑧，似二陆初来俱少年⑨。有笔头千字，胸中万卷，致君尧舜⑩，此事何难。用舍由时，行藏在我[11]，袖手何妨闲处看。身长健，但优游卒岁[12]，且斗尊前[13]。

注释

① 密州：今山东诸城。子由：作者弟苏辙。

② 月华：月亮。练：白绢，这里指月光。

③ 耿耿：明亮貌。

④ 云山摛(chī 痴)锦：形容铺排在山峦的云层如锦绣一般。摛，铺展。

⑤ 沴(tuán 团)沴：露多貌。

⑥ 劳生：忙碌的一生。

⑦ 区区：这里是奔波劳累的意思。鲜，少。

⑧ 长安：唐代首都，这里指当时都城汴京。

⑨ 二陆：指西晋负有盛名的文学家陆机、陆云兄弟。

⑩ 致君尧舜：辅佐君王成为圣明之主。用杜甫成句。

⑪ "用舍"二句：语本《论语·述而》："用之则行，舍之则藏。"意思是说任用与否取决于时世，出仕或隐居在于自己。

⑫ 优游卒岁：优闲自得地过一生。

⑬ 斗：争斗，这里是起舞戏乐的意思。

解读

　　熙宁七年(1074)，苏轼由杭州调任密州(今山东诸城)，当时其弟子由在齐州（今山东济南）任职。他原打算绕道前去探视，但未能如愿，便在由海州到密州的路途中写此词以寄。起首围绕题序中的"早行"二字展开。野店鸡鸣，孤枕残梦，说的是"早"；月暗山明，晨霜朝露，说的是"行"，旅途之辛苦，心境之悲凉，全寓言外。"世路"三句是感慨，全由"早行"触发。在这些人生有限、欢乐无多的感慨背后，是词人仕路蹭蹬、壮志难酬的悲哀，所以尽管"凭征鞍无语"，内心却"往事千端"。过片承"往事"而来，先回忆兄弟俩初到京城，正如二陆一般风华年少，书生意气，将"致君尧舜"视作一件容易事；再表明如今的处世态度："用舍由时，行藏在我。"人生观的转变显然是在社会上经历了太多太多，因此"袖手"以下全是牢骚语，倾吐对现实政治的不满与怨愤。整首词挥洒自如，一气舒卷，但也议论过多，缺少余韵。

一丛花

初春病起

今年春浅腊侵年①，冰雪破春妍②。东风有信无人见③，露微意、柳际花边。寒夜纵长，孤衾易暖，钟鼓渐清圆④。　　朝来初日半含山，楼阁淡疏烟。游人便作寻芳计，小桃杏、应已争先。衰病少情⑤，疏慵自放^⑥，惟爱日高眠。

注释

① 春浅:春早。腊侵年:农历上年遇有闰月,下年的立春日就会
   出现在上年的腊月中。因为腊月立春,所以作者说春天来得
   早(熙宁九年的立春日为熙宁八年十二月二十八日)。腊,岁
   终之祭,后便称农历十二月为腊月。
② "冰雪"句:春意在冰雪中孕育着。
③ 有信:已传来消息。
④ "寒夜"三句:写作者对早春的感受。
⑤ 情:这里指欢乐。
⑥ 疏慵自放:闲散慵懒,自由放任。

解读

　　这首词写于熙宁九年(1076)正月,系词人初春病起的遣兴
之作。上片写初春。起首二句交代"今年"因春早而腊月未过已
经立春,冰雪未化已有春意。一个"侵"字,一个"破"字,传出初
春来临的动感。"东风"二句承春意而来,"无人见"、"露微意",
将春意之似有若无的气象刻画得细腻传神。"寒夜"三句折回自
身,夜虽长而孤衾觉暖,钟鼓声听来也格外清亮圆润,初春来临
的喜悦情怀自在言外。下片写病起。"朝来"二句是卧病初起所
见景色,色调明丽,充满生机,正应合词人病愈观景的新鲜感。

接下"游人"二句系想象,游人欲去寻芳,桃杏争先开放,盎然的春意令人向往。尽管春回大地,但词人病后初愈,少有兴致,所以慵懒放任,日高犹眠。最后三句写病后倦怠,流露出闲散放达的人生态度。

辑评

陈廷焯云:闲雅不趋时俗。(《云韶集》)

俞陛云云:春初病起,信笔书怀,当此花边柳际,裙屐争赴春游,而自放者日高犹卧,有此淡逸之怀,出以萧散之笔,遂成雅调。(《宋词选释》)

俞平伯云:结句较衰飒,亦病后实情。全篇说冬尽春来,自己虽老病,而万物已有苏生意。(《唐宋词选释》)

木兰花令

次欧公西湖韵①

霜余已失长淮阔②,空听潺潺清颍咽③。佳人犹唱醉翁词,四十三年如电抹④。　　草头秋露流珠滑⑤,三五盈盈还二八⑥。与余同是识翁人,惟有西湖波底月。

注释

① 欧公:欧阳修,号醉翁。西湖韵:指欧阳修守颍州(今安徽阜阳)时写下的咏颍州西湖的《木兰花令》。词如下:"西湖南北烟波阔,风里丝簧声韵咽。舞余裙带绿双垂,酒入香腮红一抹。 杯深不觉琉璃滑,贪看六幺花十八。明朝车马各西东,惆怅画桥风与月。"

② "霜余"句:意谓降霜之后淮河的水位渐渐低了。霜余,指降霜之后的季节。

③ 清颍:清澈的颍河水。

④ 四十三年:指作者写此词距欧阳修写《木兰花令》已有四十三年。电抹:形容时间快得像闪电一抹而逝。

⑤ "草头"句:谓草头的露珠如珍珠一样滑动。

⑥ "三五"与"二八":指农历十五日与十六日。这两天月亮开始由盈转缺。谢灵运《怨晓月赋》:"昨三五兮既满,今二八兮将缺。"

解读

　　元祐六年(1091)二月,苏轼从杭州被召入京,任翰林承旨。可他在京城只待了几个月后便主动辞免,于当年闰八月出任颍州知府。四十三年前,苏轼的恩师欧阳修也在这里做官,并作有《木兰花令》。苏轼到颍州的第三天游西湖时,听到有歌女唱这首词,有感于怀,便用其原韵写下此词以纪念这位前辈。开端二句写景,一个"空"字,一个"咽"字,已透露出词人悲凉的心情。

在此景此情中,他的耳边又传来佳人唱欧公当年词作的歌声,所以就有了"四十三年如电抹"的感慨。下片以露消月缺、人事不长继续哀悼欧公的逝去。结末二句将自己与西湖波底明月并举,表明对欧公永难忘怀,其中著一"识"字,是对欧公道德文章的评价,含有无穷的深意。此词与欧词虽相隔四十三年,但前唱后和,都是佳作。《本事曲集》评论说:"二词皆奇峭雅丽,如出一人,此所以中间歌咏,寂寞无闻也。"

辑评

沈际飞云:一片性灵,绝去笔墨畦径。(《草堂诗余续集》)

西江月

重 九

点点楼头细雨,重重江外平湖。当年戏马会东徐①,今日凄凉南浦②。　　莫恨黄花未吐③,且教红粉相扶④。酒阑不必看茱萸,俯仰人间今古⑤。

注释

① 戏马:即戏马台,位于徐州南,系项羽所筑。东徐:即徐州。

苏轼任徐州太守时,其弟子由曾到徐州相会,同游戏马台。

② 南浦:水的南岸,这里指黄州长江边。

③ 黄花:菊花。

④ 红粉:歌女或侍女。

⑤ "酒阑"二句:古时重阳节有饮菊花酒、插茱萸的习俗。杜甫
《九日蓝田崔氏庄》诗:"明年此会知谁健,醉把茱萸仔细看。"
这里系反用其意,意思是说饮完酒后不必去看茱萸,转眼间
今天就将成为历史。俯仰,喻时间转眼即逝。

解读

元丰六年(1083)重阳节,身处黄州的苏轼登高上栖霞楼,念
及弟弟子由而写下此词。首句写眼前,系实境,次句写远眺,系
虚境,第三句由远眺而思忆远方子由。"当年"在徐州同游戏马
台,"今日"在黄州孤居长江边,于对比中落实心境的"凄凉"。过
片以"黄花"点出重九。"莫恨"、"且教",语似旷达而实含惆怅。
结末二句反用杜甫诗意,给全词弥漫上一股浓浓的人生虚无
之感。

辑评

张綖云:(末二句)翻老杜诗句,则意度旷达,超越千古矣。
(《草堂诗余后集别录》)

西江月

　　世事一场大梦，人生几度秋凉。夜来风叶已鸣廊，看取眉头鬓上①。　　酒贱常愁客少②，月明多被云妨③。中秋谁与共孤光④，把盏凄然北望⑤。

注释

① 眉头鬓上：言眉毛鬓发已染秋霜。
② "酒贱"句：客少并不是因为酒贱，而是人们怕受牵连，不敢与
　　之往来。
③ "月明"句：化用李白《登金陵凤凰台》"总为浮云能蔽日"诗
　　句，暗指谗人蔽君。
④ 共孤光：共赏明月。
⑤ 北望：指思念在北面的弟弟子由。当时子由贬居雷州(今广
　　东海康)，与苏轼正好一北一南，隔海相望。

解读

　　北宋朝廷新旧两党之争的情势，不是此起彼伏，便是此伏彼
起。苏轼作为旧党之人，在这个风口浪尖中也是沉沉浮浮。元
祐八年(1093)，反对新法的高太后死，哲宗亲政，主张变法的新
党再次上台，苏轼于是又遭厄运，接连被贬，直至被贬到海南岛。
此词便是作于绍圣四年(1097)到达海南的第一个中秋之夜。上

片感伤世事无常,人生短暂;下片叹息世态炎凉,人生寥落。全词感慨深沉,读来悲凉彻骨。都说苏轼能旷达自解,但他也有愤懑悲戚的时候。这首《西江月》就是一首感愤之作,真实地反映出其初到海南时的心情。

辑评

楼敬思云:情景两会,语煞可思。(张宗橚《词林纪事》引)

西江月

梅　花

玉骨那愁瘴雾①,冰姿自有仙风。海仙时遣探芳丛,倒挂绿毛幺凤②。　　素面常嫌粉涴③,洗妆不褪唇红④。高情已逐晓云空⑤,不与梨花同梦⑥。

注释

① 那愁:即不愁。瘴雾:南方山林间的瘴气,易致人生病。

② 绿毛幺凤:岭南一种珍禽,绿毛红喙,其大如雀,状类鹦鹉,常倒挂在梅枝上,故当地人称为"倒挂子"。据说这种珍禽来自东海,所以作者将其想象成是海仙派遣来探看梅花的。

西江月　苏　轼

　　玉骨那愁瘴雾，冰姿自有仙风。海仙时遣探芳丛，倒挂绿毛
幺凤。　　素面常嫌粉涴，洗妆不褪唇红。高情已逐晓云空，不
与梨花同梦。

——明刊本《诗余画谱》

③ "素面"句：形容梅花的洁白素雅。素面，不施脂粉。相传唐虢国夫人自恃美艳，常素面朝天。浣（wò 卧），污染，弄脏。

④ "洗妆"句：谓梅叶四周的红色犹如美人的樱唇，即使洗妆也不会褪去。

⑤ 高情：高雅的情怀，高尚的情操。晓云空：谓朝云已逝。

⑥ "不与"句：作者自注："诗人王昌龄梦中作梅花诗。"相传王昌龄《梅诗》有这样两句："落落寞寞路不分，梦中唤作梨花云。"梅的冰姿素面与似雪白的梨花颇为相似，所以王昌龄在梦中将梅花视作梨花云。这句的意思是说，随着朝云的去世，自己再也不会像王昌龄那样做梨花云的梦了。

解读

苏轼三十岁时元配夫人去世，五十八岁时继室王氏去世，从此就没再娶，一位叫朝云的侍妾一直陪伴着他。绍圣元年（1094），苏轼远贬惠州（今广东惠阳），朝云毅然相随。第三年朝云死于南方瘴疠，年仅三十四岁，葬于惠州栖禅寺大圣塔梅树下。这首梅花词作于是年十月，以梅花喻朝云，寄托对其去世的哀情。起首"玉骨"、"冰姿"，既是写梅，亦是写人。从写梅看，梅花之亭亭玉立的神态可见；从写人看，朝云之超尘脱俗的风采可想。"海仙"二句烘托，言梅之神仙般的韵致令海仙心生羡爱，时时遣绿毛幺凤前来探望，这一奇特之设想，既给梅花添上瑰奇色彩，同时也表现出朝云之不同平凡。过片追写梅花容色。"素面"言花,"唇红"说叶。花白为本色,不必施用脂粉;叶红系自然,不以洗妆褪色。二句虽为言梅,实以喻人,"高情"二字便是概括。结末说这种高情已如晓云而成空无,我再也不会做到那美妙的梨花云梦了,则以空灵之笔,道出自己凄伤的情怀。

辑评

王世贞云:"高情已逐晓云空,不与梨花同梦",爽语也。(《艺苑厄言》)

杨慎云:古今梅词,以坡仙"绿毛幺凤"为第一。(《词品》)

潘游龙云:末二语不必有所指,即咏梅绝佳。(《古今诗余醉》)

西江月

春夜行蕲水中①,过酒家饮。酒醉,乘月至一溪桥上,解鞍曲肱少休②。及觉已晓,乱山葱茏③,不谓尘世也④。书此词桥柱。

照野弥弥浅浪⑤,横空隐隐层霄。障泥未解玉骢骄⑥,我欲醉眠芳草。　　可惜一溪明月⑦,莫教踏破琼瑶⑧。解鞍欹枕绿杨桥⑨，杜宇一声春晓⑩。

注释

① 蕲(qí 其)水：即蕲水县，位于黄州东南，以临蕲水而得名。

② 曲肱(gōng 宫)：弯曲胳膊。这里指弯曲胳膊做枕头。《论语·述而》："饭疏食，饮水，曲肱而枕之，乐亦在其中矣。"

③ 乱山葱茏：群山青翠。

④ 不谓尘世：不认为是在人间。

⑤ 弥弥：水满貌。

⑥ 障泥：马鞯，垫在马鞍下，垂于马腹两侧，以挡泥土。据《晋书·王济传》载，王济善解马性，有一次骑马过河，马不肯渡。王济说："此必是惜障泥。"使人解去，马果然渡水而过。玉骢(cōng 匆)，青白色的马。骄：这里指高大健壮。

⑦ 可惜：可爱。

⑧ 琼瑶：美玉。这里指月光下如玉一般的溪水。

⑨ 解鞍欹枕：解鞍作枕。欹(qī 妻)，倾斜。

⑩ 杜宇：即杜鹃鸟，相传是古蜀帝杜宇之魂所化。

解读

词的上片将读者引入一个极其美妙的境界之中：月光笼罩着旷野，溪水泛着细浪，云层若隐若现。一边是骏马障泥未解，昂首站立；一边是作者醉不可支，藉草而眠。过片，"可惜"、"莫教"点明作者对所置身景色的无比欣赏与珍惜之意。绿杨桥边,他睡得格外香甜,在杜鹃的鸣叫声中才知天明。作者写此词时谪居黄州已近三年,显然他已摆脱了被贬的痛苦,全身心地陶醉在幽静的大自然的怀抱中。

辑评

卓人月云:山谷词:"走马章台,踏碎满街月。"坡公偏不忍踏碎,都妙。(《古今词统》)

陈廷焯云:通首写醉后踏月,极有神致。(《云韶集》)　又云:《西江月》一调,易入俚俗,稍不检点,则流于曲矣。此偏写得洒落有致。(《词则·放歌集》)

俞陛云云:诵其下阕四句,清狂自放,有"万象宾客"之概。觉相如题桥,未能免俗也。(《宋词选释》)

西江月

平山堂①

三过平山堂下,半生弹指声中②。十年不见老仙翁③,壁上龙蛇飞动④。　　欲吊文章太守,仍歌杨柳春风⑤。休言万事转头空,未转头时皆梦⑥。

注释

① 平山堂:位于扬州大明寺侧,系欧阳修所建。

② 半生:苏轼作此词时已四十九岁,所以说"半生"。弹指:喻时间短暂。

③ 十年不见:苏轼于熙宁四年(1071)曾专程去颍州拜见欧阳修,距作此词已十三年,这里说"十年"是取其整数。老仙翁:指欧阳修。

④ "壁上"句:平山堂壁上有欧阳修墨迹,笔势飞腾,如龙蛇翻舞。

⑤ "欲吊"二句:欧阳修有《朝中措》词:"平山阑槛倚晴空,山色有无中。手种堂前垂柳,别来几度春风。 文章太守,挥毫万字,一饮千钟。行乐直须年少,尊前看取衰翁。"这二句说本要凭吊欧阳修,却听到歌女又唱起欧词。

⑥ "休言"二句:白居易《自咏》诗云:"百年随手过,万事转头空。"这里追进一层。

解读

苏轼二十二岁在京考礼部进士时,欧阳修是主考官。他读到苏轼的文章后,大为惊喜,以为异人。本想录为第一,又怀疑此文可能是自己学生曾巩所写,为避嫌才取为第二。苏轼在京城之有声名,离不开欧阳修的提携,所以他一直视欧阳修为恩师,心存感念。每次到扬州,都要去欧阳修所建的平山堂。此词是苏轼第三次登临平山堂时所作。上片由睹物思人,感时光飞逝;下片由听唱欧词,叹人生如梦。词人之感叹由欧公而触发,然并不拘限于一己之情怀,所揭示的是"万事皆空"的普遍现象。歇拍翻进一层,感慨尤为深沉。

辑评

顾从敬云:末句感慨之意,见于言外。(《类选笺释草堂诗余》)

陈廷焯云:东坡《西江月》云:"休言万事转头空,未转头时皆梦。"追进一层,唤醒痴愚不少。(《白雨斋词话》)　又云:东坡一派,东坡独有千古。(《云韶集》)

临江仙

送王缄①

忘却成都来十载②,因君未免思量。凭将清泪洒江阳③。故山知好在,孤客自悲凉。　　坐上别愁君未见④,归来欲断无肠⑤。殷勤且更尽离觞⑥。此身如传舍⑦,何处是吾乡。

注释

① 王缄:字元直,苏轼的妻弟。

② 十载:治平三年(1066)苏洵去世,苏轼归蜀守丧。熙宁元年(1068)丧除离蜀赴京,距写此词正好十年时间。

③ 凭:请。江阳:水北为阳,当时词人在长江之北的徐州,故云。

④ 君未见:指王缄未必能觉察自己的离愁。

⑤ "归来"句:谓回家后恐怕无肠可断,形容极度悲伤。归来,这里作"归去"解。

⑥ 离觞:送行的酒。

⑦ 传舍:古时供旅途中人居住的客舍。

解读

　　王缄是苏轼亡妻的弟弟,熙宁十年(1077)从眉山前来探望已十年未回家乡的苏轼。待了一段时间后,王缄回蜀,苏轼写此词相送。上片写内弟的到来触起故乡之思,万里相隔,眼泪只能洒在江北。家乡依然都好,让孤身飘泊在外的游子更觉悲凉。下片写筵席上离情萦怀,愁肠皆断,殷勤举杯,亦难遣分手时的悲痛。人生如寄,不知何处才是归宿。通篇别情、乡情、宦情融为一体,在平易朴素的叙写中含无限低回伤感。

临江仙

夜到扬州席上作

尊酒何人怀李白,草堂遥指江东①。珠帘十里卷香风②。花开又花谢，离恨几千重。　　轻舸渡江连夜到③，一时惊笑衰容。语音犹自带吴侬④。夜阑对酒处，依旧梦魂中⑤。

注释

① 草堂:杜甫在成都时的住所。江东:杜甫在成都时李白正放浪江东,往来于金陵(今江苏南京)、采石(今属安徽)之间。杜甫《春日忆李白》诗:"渭北春天树,江东日暮云。何时一尊酒,重与细论文。"

② "珠帘"句:杜牧《赠别二首》之一:"春风十里扬州路,卷上珠帘总不如。"

③ 轻舸:小船。

④ "语音"句:言友人说话时吴地口音未改。吴侬,吴地口音。

⑤ "夜阑"二句:化用杜甫《羌村三首》之一:"夜阑更秉烛,相对如梦寐。"

解读

　　元祐六年(1091),苏轼从杭州任上被召回朝廷,赴京途中过扬州,友人设宴,于是作此词于席上。上片写相忆。"尊酒"二句将自己比作杜甫,将友人比作李白,借当年杜甫怀念李白,表达自己对友人的思念。随后转到酒席,以"珠帘十里"点出扬州主人,再以"花开"二句言主客相别之久,相忆之苦。下片写相逢。"轻衎"句明题,以下二句,"衰容"写见面,从对方着眼;"吴侬"写叙旧,从己方落笔。结末说夜深依然对酒,往事依稀梦中,寓含着深深的感慨。全词多化用前人诗语,已露出"以诗为词"的倾向。

临江仙

送钱穆父①

一别都门三改火②,天涯踏尽红尘③。依然一笑作春温④。无波真古井,有节是秋筠⑤。　　惆怅孤帆连夜发,送行淡月微云。樽前不用翠眉颦。人生如逆旅⑥,我亦是行人。

注释

① 钱穆父:名勰,曾以龙图阁待制知开封府。

② 都门:这里指汴京。三改火:谓已经过了三年。古人钻木取火,四季所用木材不同,故称改火,后多指寒食后重新起火,所以改火又成了清明的代称。

③ "天涯"句:谓流落天涯,奔走于尘世。红尘,指人世。

④ "依然"句:谓钱穆父对凡事都报之一笑,显示出春天般的温暖。

⑤ "无波"二句：前一句言钱穆父的心境如波澜不起的古井之水，后一句以竹喻钱穆父的节操高洁。语出白居易《赠元稹》诗："无波古井水，有节秋竹竿。"秋筠，秋竹。

⑥ "人生"句：意思是说人不过是天地间的过客。语出李白《春夜宴桃李园序》："夫天地者，万物之逆旅；光阴者，百代之过客。"逆旅，客舍。

解读

元丰三年（1088），开封知府钱穆父因"坐奏狱空不实"而知越州（今浙江绍兴），苏轼当时在汴京任翰林学士，曾赋诗赠别。三年后的清明时节，钱穆父从越州徙瀛州（今河北河间），路经杭州，苏轼其时也正将从杭州回朝廷任职，匆匆相聚后，作此词赠行。上片写重逢。首句言岁月如流，次句说奔波之苦。而历经坎坷的钱穆父并不以荣辱为怀，其笑容依然如春温一般暖人。由此便有了四五句对其古井心境与秋竹风节的赞叹。下片写送行。虽有淡月微云的相伴，但孤舟夜发，行者依旧惆怅，所以词人劝慰说，人人都是天地间的匆匆过客，又何必为聚散而蹙眉呢？结句"我亦是行人"，语虽旷放，却带有自伤身世的意味。

辑评

俞陛云云：因送友而言我亦逆旅中行人之一，语极旷达。（《宋词选释》）

临江仙

夜归临皋①

夜饮东坡醒复醉②，归来仿佛三更。家童鼻息已雷鸣。敲门都不应，倚杖听江声。　　长恨此身非我有③，何时忘却营营④。夜阑风静縠纹平⑤。小舟从此逝，江海寄馀生。

注释

① 临皋：位于黄州南面的长江边，苏轼的居所在此。

② 东坡：位于黄州之东，原是几十亩荒地，苏轼被贬黄州后，加以开垦耕种，又在此筑"雪堂"作为游息之所，并自号"东坡居士"。

③ 身非我有：语出《庄子·知北游》，意谓自身的命运自己无法掌握。

④ 营营：纷乱貌。这里指为名利而奔走。

⑤ 夜阑：夜深。縠(hú 胡)纹：指风平浪静，水纹细密，犹如绉纱一般。

解读

此词系元丰五年（1082）九月，苏轼与朋友在雪堂饮酒后回临皋寓所时所作。上片写醉归。因为是"醒复醉"，所以只"仿佛"记得回家的时间。归而不忍叫醒沉睡的家童开门，索性倚杖江边，谛听江声。下片抒感慨。置身在夜静波平的大江边，词人的心灵也平静下来，忽然明白：身非我有，何须营营，应该放浪江海,远离尘世才是。"小舟"二句所写,实非真去归隐,而是借此来解脱贬谪黄州的苦闷,求得精神上的自由。据叶梦得《避暑录话》载,此词第二天就传开,人们传言苏轼已挂冠服于江边,乘小船长啸而去。郡守徐君猷听说后害怕失去所管罪人,急忙赶到苏轼寓所察看,却见他鼾声如雷,还未起床。

辑评

俞陛云云:写江上夜归情景,忽欲扁舟入海,此老胸次,时有绝尘霞举之思。(《宋词选释》)

鹧鸪天

林断山明竹隐墙,乱蝉衰草小池塘。翻空白鸟时时见,照水红蕖细细香①。　　村舍外,古城旁,杖藜徐步转斜阳②。殷勤昨夜三更雨,又得浮生一日凉③。

注释

① 红蕖(qú 渠):即荷花。

② 杖藜:拄着拐杖。转夕阳:太阳渐渐地下山。

③ "又得"句:语出李涉《题鹤林寺僧舍》诗:"因过竹院逢僧话,

又得浮生半日闲。"浮生,漂浮不定的人生。

解读

此词作于贬居黄州期间,抒写夏日雨后持杖郊外的感受。上片的写景,通过远近上下的视角,再配上听觉与嗅觉,展示出一幅立体的郊外野趣图,也同时让人感受到词人流连光景时的闲适心境。下片转向自身。"杖藜"未必是实写,因为其时词人年仅四十多岁。词人于夕阳中扶杖缓步在村外城旁,既是一种自得其乐,也是一种百无聊赖。所以天公之"殷勤"送雨,带给词人内心的却是"浮生"的辛酸。

辑评

郑文焯云:渊明诗:"啸傲东轩下,聊复得此生。"此词从陶诗中得来,愈觉清异,较"浮生半日闲"句,自是诗词异调。论者每谓坡公以诗笔入词,岂审音知言者。(《大鹤山人词话》)

俞陛云云:情真景真,随手写来,盎然天趣。结尾二句较"一雨虚斋三日凉"诗尤耐吟讽。(《宋词选释》)

鹧鸪天

陈公密出侍儿素娘①,歌紫玉箫曲,劝老人酒②。

老人饮尽,因为赋此词。

笑捻红梅䯻翠翘③,扬州十里最妖娆④。夜来绮席亲曾见⑤,撮得精神滴滴娇⑥。 娇后眼,舞时腰,刘郎几度欲魂消⑦。明朝酒醒知何处,肠断云间紫玉箫。

注释

① 陈公密:名缜,当时为曲江令。

② 老人:东坡自谓。

③ 捻(niǎn撵):搓捏。䯻(duǒ躲):下垂貌。翠翘:这里指头饰。

④ "扬州"句:杜牧《赠别二首》之一:"娉娉袅袅十三余,豆蔻梢头二月初。春风十里扬州路,卷上珠帘总不如。"这里是化用杜诗,赞美素娘的美貌出众。

⑤ 绮席:丰盛的酒席。

⑥ 撮得:摄取。滴滴娇:即娇滴滴,形容女子柔美娇小。

⑦ "刘郎"句:据《唐诗纪事》载,扬州大司马杜鸿渐设宴招待苏州刺史刘禹锡,刘在席上赋诗称赞歌女:"高髻云鬟宫样妆,春风一曲杜韦娘。司空见惯浑闲事,断尽苏州刺史肠。"这里是说如果刘禹锡见了素娘,也得几度魂销。

解读

元符三年(1100)五月,年已六十五岁的苏轼从海南赦还,北归途中过广东韶州,时为曲江令的陈公密设宴招待苏轼,并请出侍女素娘唱曲劝酒,此词便作于席上。上片以"绮席"亲见,写素娘之动作、装扮、外貌、神态,就像一幅娇女图。下片以"刘郎"魂销,写素娘之眼神、舞姿给予观者的美感。末尾的"明朝""肠断",既烘托素娘歌声的美妙动听,又透出自己内心的怅惘哀愁,给人以有余不尽之感。

辑评

王若虚云:(东坡)赠陈公密侍儿云"夜来倚席亲曾见",此本即席所赋,而下"夜来"字,却是隔一日。(《滹南诗话》)

少年游

润州作①,代人寄远。

去年相送,余杭门外②,飞雪似杨花。今年春尽,杨花似雪,犹不见还家。　　对酒卷帘邀明月,风露透窗纱。恰似姮娥怜双燕③,分明照、画梁斜。

注释

① 润州:今江苏镇江。

② 余杭门:宋时杭州城北门之一。

③ 姮(héng 横)娥:即嫦娥。

解读

　　熙宁六年(1073)十一月,作者在杭州通判的任上去常州、镇江办理赈饥事,一直到第二年春尽还未归去。他思念着妻子,也知道妻子思念着自己,便代妻子设辞写下此词。上片写时序的转换。"飞雪似杨花"时相别,"杨花似雪"时相忆,一个"犹"字,传出思妇盼不回远人的失望之情。下片写思妇的孤寂。邀明月对酒,睹嫦娥怜燕,不作愁苦之语而愁苦自现。

定风波

　　三月七日,沙湖道中遇雨①。雨具先去,同行皆狼狈,余独不觉。已而遂晴,故作此词。

　　莫听穿林打叶声,何妨吟啸且徐行②。竹杖芒鞋轻胜马③,谁怕? 一蓑烟雨任平生。　　料峭春风吹酒醒④,微冷,山头斜照却相迎。回首向来萧瑟处⑤,归去,也无风雨也无晴。

注释

① 沙湖：位于黄州东面。

② 吟啸：吟咏啸歌。

③ 芒鞋：草鞋。

④ 料峭：形容微寒。

⑤ "回首"句：回头向方才有雨声的地方望去。萧瑟，指雨声。

解读

面对暮雨或斜阳，对一个善感的词人来说，即便没有身世沉浮的遭遇，没有感情挫折的打击，也会产生怅惘凄伤之情。然而苏轼却截然相反，这首词尽管是作于负罪放逐的处境之中，又是在一个触虑成端、沿情多绪的黄昏之时，但却丝毫看不见作者的悲苦之情。作者所表现的在风雨中吟啸徐行、从容自如，正是展示自己达观的人生态度与超旷的精神世界，全词也因此显出一种旷达飘逸之致。

辑评

郑文焯云：此足征是翁坦荡之怀，任天而动。琢句亦瘦逸，能道眼前景。以曲笔直写胸臆，倚声能事尽之矣。（《大鹤山人词话》）

刘永济云：东坡时在黄州，此词乃写途中遇雨之事。中途遇雨，事极寻常，东坡却能于此寻常事故中写出其平生学养。上半阕可见作者修养有素,履险如夷,不为忧患所摇动之精神。下半阕则显示其对于人生经验之深刻体会,而表现出忧、乐两忘之胸怀。盖有学养之人,随时随地,皆能表现其精神。东坡一生在政治上之遭遇,极为波动,时而内召,时而外用,时而位置于清要之地,时而放逐于边远之区,然而思想行为不因此而有所改变,反而愈遭挫折,愈见刚强,挫折愈大,声誉愈高。此非可幸致者,必平日有修养,临事能坚定,然后可得此效果也。(《唐五代两宋词简析》)

定风波

咏红梅

好睡慵开莫厌迟①,自怜冰脸不时宜②。偶作小红桃杏色,闲雅,尚余孤瘦雪霜姿③。　　休把闲心随物态④,何事,酒生微晕沁瑶肌⑤。诗老不知梅格在⑥,吟咏,更看绿叶与青枝。

注释

① "好睡"句:言红梅因睡得香甜而懒得开花,所以不要嫌它开得迟了。

② 冰脸：指花色洁白。不时宜：不合时尚。

③ 尚余：仍然保留。

④ "休把"句：言红梅不应以闲雅之心与世俗随波逐流。

⑤ "酒生"句：形容红梅的花瓣如美人酒后微红的脸色。沁瑶肌，透过如玉的肌肤。

⑥ 诗老：指北宋诗人石延年，曾写有《红梅》诗。

解读

这首词所表达的意思苏轼也曾经用诗的形式写过（见《红梅三首》之一）。他反复地写，说明他对红梅的这番吟咏是颇为得意的。其得意之处在哪里呢？那就是诗与词中相同的一句"尚余孤瘦雪霜姿"。苏轼指出，梅花因为自己的冰洁不合时宜而偶效桃、杏开成浅红色，但其仍然保留了孤傲瘦劲如雪霜一般的姿态。红梅正是因为具有这种品格，所以它才与桃、杏有着本质的区别。而石延年《红梅》诗云："认桃无绿叶，辨杏有青枝。"从无绿叶来认明它不是桃，从有青枝得知它不是杏，这样的咏红梅自然要为苏轼所嘲笑了。

辑评

刘熙载云：东坡《定风波》云："尚余孤瘦雪霜姿。"《荷华媚》云："天然地、别是风流标格。""雪霜姿"、"风流标格"，学坡词者，便可从此领取。（《艺概》）

定风波

南海归赠王定国侍人寓娘①

常羡人间琢玉郎②，天应乞与点酥娘③。尽道清歌传皓齿④，风起，雪飞炎海变清凉⑤。　　万里归来颜愈少⑥，微笑，笑时犹带岭梅香⑦。试问岭南应不好，却道：此心安处是吾乡⑧。

注释

① 王定国：王巩，字定国，苏轼的朋友。元丰二年(1079)，因受苏轼"乌台诗案"牵连，被贬为监宾州(今广西宾阳)盐酒税，五年后才被召还京城。寓娘，王定国的歌姬。王定国被贬岭南，寓娘毅然离开繁华的京城，与之同行，一直陪伴在其身旁。

② 琢玉郎：如玉琢成的男子。这里系形容王定国姿容的俊美。

③ 乞与：赠与。点酥娘：形容皮肤细润滑腻的女子，这里指王定国的歌姬寓娘。

④ 尽道：人人都称道。

⑤ "雪飞"句：指寓娘的歌声如雪片飞过炎热的夏日使世界变得清凉。

⑥ "万里"句：指寓娘随王定国从遥远的贬所归来面容更显年轻。

⑦ 岭梅：岭南的梅花。王定国谪居的宾州位于岭南。

⑧ "此心"句：此语出自白居易《种桃杏》诗："无论海角与天涯，大抵心安即是家。"

解读

苏轼因"乌台诗案"被贬黄州后,其好友王定国也因与苏轼交游而被贬岭南。神宗去世后,新法全废,反对新法的苏轼于元丰八年(1085)被召还汴京,其时王定国也从岭南回到京城。一日,王定国置酒与苏轼会饮,叫出歌姬寓娘劝酒。苏轼问她:"岭南的风土可能不好吧?"寓娘却坦然答道:"此心安处,便是吾乡。"苏轼深有所感,便写下此词。上片先从王定国落笔,一个"羡"字,既是羡王定国的英俊潇洒,亦是羡上天赐给他一个柔美聪慧的歌姬,所以接下便很自然地转到对寓娘的描写,写她歌声的清妙,写她答容的柔美,写她仪态的娴雅。不过最令作者欣赏的是她那句"此心安处是吾乡"的回答,因为这哲人式的生活态度也正是苏轼所追求的随遇而安的人生境界。

南乡子

黄州临皋亭作①

晚景落琼杯②,照眼云山翠作堆③。认得岷峨春雪浪④,初来,万顷蒲萄涨渌醅⑤。　　春雨暗阳台,乱洒歌楼湿粉腮⑥。一阵东风来卷地,吹回⑦,落照江天一半开。

注释

① 临皋亭：苏轼于元丰三年(1080)到达贬所黄州后，先寓居定
    慧院，三个月后迁居临皋亭。

② 琼杯：制作精美的酒杯。

③ "照眼"句：谓群山笼罩在淡淡的云烟之中，远远望去，犹如一
    个个绿色的土堆。

④ "认得"句：谓眼前涌起阵阵白浪的江水，正是家乡的岷峨山
    雪所化。苏轼《临皋闲题》云："临皋亭下八十数步，便是大
    江，其半是峨眉雪水。"

⑤ "万顷"句：谓碧绿的江水犹如万顷葡萄美酒。李白《襄阳
    歌》："遥看汉水鸭头绿，恰似葡萄初发醅。"渌醅(lù pēi 录
    胚)，清澈的酒。

⑥ 粉腮：歌女的香腮。

⑦ 吹回：指将雨吹去。

解读

　　此词系初到黄州时登临皋亭所作。尽管是刚经历过宦海的
沉浮，又是在一个阴晴不定的黄昏之际，我们却丝毫看不见词人
羁旅飘泊、仕途失意、抱负莫展的抑郁悲苦之情。从其酌春醪、
观山水、赏歌舞的举动中，我们分明可以想见词人所特具的旷达
超脱、怡然自得的浩逸襟怀。词人在描绘眼前之景时，没有采用
静态勾勒，而是作了晚景之"落"杯，云山之"照"眼，江水之涌浪，乌

云之翻滚,春雨之"乱洒",东风之"卷地",夕阳之"落照"等动态的演示,这不仅将山水风雨描摹得生气盎然,意趣横生,也给全词增添了翻腾之势,读之犹如身临其境,令人有百味不厌之感。

南乡子

梅花词和杨元素①

寒雀满疏篱,争抱寒柯看玉蕤②。忽见客来花下坐,惊飞,踏散芳英落酒卮③。   痛饮又能诗④,坐客无毡醉不知⑤。花谢酒阑春到也,离离,一点微酸已着枝⑥。

注释

① 杨元素:杨绘,字元素。苏轼为杭州通判时,元素是知州。

② 柯:这里指梅树枝。玉蕤(ruí):色白如玉的梅花。蕤,花重貌。

③ 酒卮(zhī 之):酒杯。

④ "痛饮"句:这句是说杨元素。作者《诉衷情·送述古迓元素》词亦有"太守例能诗"句。

⑤ 坐客无毡:唐朝郑虔为广文馆博士,却穷得来客无毛毡可坐,所以杜甫《戏简郑广文虔兼呈苏司业》写道:"才名四十年,坐

客寒无毡。"这句是想象杨元素及其僚佐不在乎简陋,聚于梅下欢饮的情景。

⑥ "花谢"三句:拟想杨元素观赏的梅花已满枝青梅。离离,繁盛貌,这里指梅子已布满枝头。一点微酸,想象梅子已有酸味。

解读

杨元素与苏轼曾经共事,相互间多有唱和。这首梅花词便是奉和之作,写于熙宁七年(1074)冬,当时杨在杭州,苏在密州。可惜的是杨元素的原唱今已不存。上片实写己方观梅,梅之清幽高寒从寒雀集枝、争看花朵传出;下片虚写对方观梅,梅之高格雅韵从雅士留连、诗酒风流传出。全词不施刻画,离形取神,虚实结合,读来饶有余味。

南乡子

重九涵辉楼呈徐君猷①

霜降水痕收②,浅碧鳞鳞露远洲③。酒力渐消风力软,飕飕,破帽多情却恋头④。　　佳节若为酬⑤,但把清樽断送秋⑥。万事到头都是梦,休休,明日黄花蝶也愁⑦。

注释

① 重九:重阳节。涵辉楼:又名栖霞楼,建于黄州赤壁山上,下临长江。徐君猷:名大受,时任黄州太守。

② 水痕收:指天冷后水位下落。

③ 鳞鳞:形容水波像层层鱼鳞。

④ "破帽"句:晋孟嘉曾随桓温于重阳节登龙山,帽子被风吹落而不觉。后此事成为雅谈,诗词中常用来咏重九登高。作者此处系反用其意。

⑤ 若为酬:即如何来对付。

⑥ 断送:打发。

⑦ "明日"句:意谓重阳过后菊花将渐渐凋谢,蝴蝶也会发愁。郑谷《十日菊》诗云:"节去蜂愁蝶不知,晓庭还绕折残枝。"言重阳节后菊花凋残,蜂愁蝶却不愁。苏轼这是反其意而用之。

解读

　　苏轼在黄州虽是一个"罪官",却颇得知州徐君猷的厚待。苏轼在与其弟子由的信中曾说,初到黄州,"举目无亲,君猷一见如骨肉"。在黄州的第二个重阳节,徐君猷于涵辉楼召饮,苏轼即席写下此词。上片首二句是重阳景色,"飔飔"写酒后感受,"破帽"句反用重九登高典故,对自己调侃解嘲。下片"佳节"二句写自己寥落的情怀,由此又生发"万事到头都是梦"的感慨。"明日"句是说明日黄花没什么可以期待的,不妨趁今日之花放怀痛饮,

南乡子 苏轼

霜降水痕收，浅碧鳞鳞露远洲。酒力渐消风力软，飕飕，破帽多情却恋头。　　佳节若为酬，但把清樽断送秋。万事到头都是梦，休休，明日黄花蝶也愁。

——明刊本《诗余画谱》

语似自宽,实含一腔怨愁。失意而达观,这就是其时的苏轼。

辑评

沈际飞云:自来九日多用落帽,东坡不落帽,醒目。 又云:东坡升沉去住,一生莫定,故开口说梦。如云"人生如梦","世事一场大梦","未转头时皆梦","古今如梦,何曾梦觉","君臣一梦,今古虚名",屡读之,胸中鄙吝自然消去。(《草堂诗余正集》)

黄苏云:破帽恋头,语奇而稳。"明日黄花"句,自属达观。凡过去未来皆几非,在我安可学蜂蝶之恋香乎。(《蓼园词评》)

陈廷焯云:用龙山落帽事,却用得风雅疏狂,此翻用成曲法。(《云韶集》)

俞陛云云:恋我惟有破帽,写愁惟有蝴蝶,皆托思高妙处。(《宋词选释》)

南乡子

送述古①

回首乱山横,不见居人只见城②。谁似临平山上塔③,亭亭④,迎客西来送客行。 归路晚风清,一枕初寒梦不成。今夜残灯斜照处,荧荧⑤,秋雨晴时泪不晴。

注释

① 述古:陈襄,字述古。当时由杭州调任南都(今河南商丘)太守。

② "不见"句:欧阳詹《初发太原途中寄太原所思》诗:"高城已不见,况复城中人。"

③ 谁似:何似。临平山:位于杭州东北。

④ 亭亭:耸立貌。

⑤ 荧荧:这里指灯光和泪光闪亮。

解读

陈述古离杭赴任南都,苏轼曾在有美堂离宴上以《虞美人》(湖山信是东南美)一词赠别(见本书)。不几天,述古出发上路,苏轼特意赶到临平与其道别,并作此词。上片先从行者落笔,写述古出了杭州城后又频频回首,再从送者落笔,言自己不能像高耸的临平山塔那样目送友人远去。行者的留恋之意,送者的惜别之情尽在不言中。下片写别后哀伤。"晚风清"已见凄凉,"梦不成"更显悲苦,面对疏雨寒窗、残灯斜照的情景哪禁得住潸然泪下。尾句的秋雨可晴而泪流难晴,造语工巧,富有韵味。

辑评

唐圭璋云:此首,上片,送述古途中之景;下片,述归来怀念之情。文笔飘洒，情意真挚。"回首"两句，记送行之远。"谁似"三句，记山塔也知送行，极有情味。"归路"两句，记归路风清及归来之无寐。"今夜"三句，记入夜之悲哀，雨晴泪不晴，语意甚新。(《唐宋词简释》)

南乡子

自　述

凉簟碧纱厨①，一枕清风昼睡余。睡听晚衙无一事②，徐徐，读尽床头几卷书。　　　　搔首赋归欤③，自觉功名懒更疏④。若问使君才与术⑤，何如，占得人间一味愚⑥。

注释

① 簟：竹席。纱厨：古人挂在床的木架子上，夏天用来避蚊蝇的纱帐。

② 晚衙：古时官署治事，一日两次坐衙。早晨坐衙称"早衙"，晚间坐衙称"晚衙"。

③ 归欤：即归去。据《论语·公冶长》载，孔子在陈国的时候，曾发"归欤"的感叹。

④ 懒更疏，即懒散。

⑤ 使君：太守，此系作者自指。作者当时任徐州太守。

⑥ 占得：拥有。一味：所有，全部。

解读

　　题曰"自述"，上片说自己白天睡觉，夜晚值衙，无所事事，偷闲读书；下片说自己懒于功名，时盼归去，虽是使君，愚人一个。整首词犹如一幅立体自画像，展示了任徐州太守期间的生活情态。末句"占得人间一味愚"，如果结合词人坚持己见，竭力反对当政者王安石变法，最后被排挤出朝廷的经历来读，则更能体味出这番自嘲背后的辛酸。

南歌子

钱塘端午

　　山与歌眉敛①，波同醉眼流②。游人都上十三楼③，不羡竹西歌吹古扬州④。　　菰黍连昌歜⑤，琼彝倒玉舟⑥。谁家水调唱歌头⑦，声绕碧山飞去晚云留。

南歌子 钱塘端午 苏 轼

　　山与歌眉敛，波同醉眼流。游人都上十三楼，不羡竹西歌吹
古扬州。　　菰黍连昌歜，琼彝倒玉舟。谁家水调唱歌头，声绕
碧山飞去晚云留。

——明刊本《诗余画谱》

注释

① "山与"句:谓歌女眉头黛色浓聚。

② "波同"句:谓歌女醉眼如同水波一样流动。

③ 十三楼:位于杭州石佛院。据周密《武林旧事》记载,东坡守杭日,每治事于此。

④ 竹西:即扬州竹西亭。杜牧《题扬州禅智寺》诗:"谁知竹西路,歌吹是扬州。"

⑤ 菰(gū 孤)黍:即粽子。粽子系以菰叶裹米。昌歇(chù 触):即菖蒲。古人于端午节有饮菖蒲酒的习俗。

⑥ 琼彝:玉制成的酒樽。舟:酒樽的承盘。

⑦ 水调唱歌头:即唱《水调歌头》曲。

解读

　　此系元祐五年(1090)端午作。词中提到的"十三楼"是当时杭州临近西湖的一处名胜,苏轼任杭州太守时常来此办公,其意在于能时时观赏这里的山水。词所表现的是十三楼端午节繁盛光景。上片写歌女之美,游人之多;下片写饮酒之乐,歌声之妙。"不羡竹西歌吹古扬州"省却几多笔墨,"声绕碧山飞去晚云留"又给人无限回味。读完全篇,一个性爱山水、悠闲容与的太守形象宛如眼前。

辑评

　　沈际飞云:援引古事,不为古用。(《草堂诗余正集》)

杨慎云：端午词多用汨罗事，此独绝不涉，所谓善脱套者。（杨慎评本《草堂诗余》）

黄苏云：在苏集中，此为平调，然亦自壮丽。（《蓼园词评》）

南歌子

雨暗初疑夜，风回忽报晴。淡云斜照著山明①，细草软沙溪路马蹄轻。　　卯酒醒还困②，仙村梦不成。蓝桥何处觅云英③，只有多情流水伴人行。

注释

① 斜照：指清晨的阳光。著(zhuó)：同"着"，附着，添加。

② 卯(mǎo)酒：晨饮之酒。卯，早晨五点至七点。

③ "蓝桥"句：唐人裴铏《传奇》载，秀才裴航下第后游于湘汉，与樊夫人同船。樊夫人赠其诗云："一饮琼浆百感生，玄霜捣尽见云英。蓝桥便是神仙窟，何必崎岖上玉清。"裴航不解诗意，后经蓝桥驿口渴，向老妪求水，老妪唤孙女云英端水。裴见云英艳丽惊人，欲娶之。老妪提出要裴航用玉杵臼捣药百日。裴返京城用高价买得玉杵臼后回蓝桥，为老妪捣药，最终与云英成婚。裴航得道成仙后，才知樊夫人是云英之姊。

蓝桥、云英正是上一句"仙村梦"的具体内容。

解读

　　因"乌台诗案"而被贬黄州的苏轼,虽然有一个"团练副使"的官职,但由于"不得签书公事",所以终日无所事事,"放浪山林间,与渔樵杂处"。此词所写,便是一次闲行感受。上片叙早晨饮酒登程,忽然雨来天暗,又忽然雨霁天晴,一边是朝阳斜照山头,一边是马儿轻行沙路。下片叙晨酒未醒,恍惚欲梦,仙境梦难成,云英无觅处,唯潺潺溪水相伴而行,稍慰寂寥。末句"多情"二字,微露端倪,寄怀之意,全在言外。

南歌子

　　带酒冲山雨①,和衣睡晚晴。不知钟鼓报天明,梦里栩然蝴蝶一身轻②。　　老去才都尽,归来计未成。求田问舍笑豪英③,自爱湖边沙路免泥行。

注释

① 冲山雨:顶着雨走山路。

② "梦里"句:用《庄子·齐物论》中庄周梦蝶事。庄周梦见自己

变成蝴蝶,悠闲自在地飞舞。梦醒后搞不清是自己做梦化为蝴蝶呢,还是蝴蝶做梦化为庄周。栩然,欢快貌。

③ 求田问舍:购置田地与房产,专指无远大志向者。据《三国志·陈登传》载,刘备曾批评许汜在天下大乱之际,一心购置田地与房屋而不关心国家大事。这里作者系自指,《东坡志林》云:"黄州东南三十里为沙湖,亦曰螺师店,予买田其间。"笑豪英:即为英雄所笑。

解读

在黄州,作为"闲客"的苏轼,痛苦而又欢乐地生活着。痛苦,因为是遭贬之人;欢乐,因为能自我超脱。这首词表现的便是当时的一个生活片断。上片,冒雨行啸在沙路,和衣卧睡于晚霞,美梦一直做到天明,反映了无牵无挂的生活状态。过片,仕途坎坷已磨尽才华,归隐之志又难以实现,交代了人生失意的现实境遇。末尾二句是自我解释,话语中显然带有苦涩与牢骚。

好事近

湖　上

湖上雨晴时,秋水半篙初没^①。朱槛俯窥寒鉴②，照衰颜华发。　　醉中吹堕白纶巾③，溪风漾流月④。独棹小舟归去，任烟波摇兀⑤。

注释

① 篙(gāo 高)：撑船用的竹竿。

② 朱槛：船上红色栏杆。鉴：铜镜，这里指湖水。

③ 白纶(guān 关)巾：用青白丝织成的头巾。

④ 漾流月：荡漾着水中之月。

⑤ 摇兀：摇荡不定。

解读

此词又题为"西湖夜归"，作于元祐五年(1090)杭州任上。上片写游湖。雨后天晴，湖水荡漾，俯窥秋波，却见衰颜白发。下片写夜归。溪风吹巾，月光流波，酒醉独归，任凭小舟飘荡。全词淡淡着笔，一个有些迟暮、有点孤独然而又泰然处世、纯任自然的形象跃然纸上。

辑评

俞陛云云：西湖夜归，清幽之境也，不可无此雅词。下阕四句有潇洒出尘之致。结句"摇兀"二字下语尤得小舟之神。查初白诗"橹枝摇梦过春江"，其得趣正在摇字。"溪风漾流月"五字与唐人"滩月碎光流"句，皆写景入细。(《宋词选释》)

望江南

超然台作①

春未老，风细柳斜斜。试上超然台上看，半壕春水一城花②，烟雨暗千家。　　寒食后③，酒醒却咨嗟④。休对故人思故国⑤，且将新火试新茶⑥，诗酒趁年华⑦。

注释

① 超然台：位于密州(今山东诸城)北城上。

② 壕：护城河。

③ 寒食：古人有寒食节，时间是清明前一天。是日禁火，所以称"寒食"。

④ 咨嗟：叹息。

⑤ 思故国：即思故乡。寒食后是清明，所以会动故乡之念。

⑥ 新火：寒食节后重新举火，故说"新火"。

⑦ 年华：美好的青春时光。

解读

苏轼任密州太守的第二年，见北城墙上原来旧台年久破败，便修葺一新，时时与友人登临。在济南的弟弟苏辙闻知后，将其命名为"超然台"。此词系登超然台作，时间是熙宁九年(1076)

春天。风细柳斜,春水荡漾,鲜花满城,在这春意浓浓的时节,词人欣然来到超然台览景,可放眼四顾,"烟雨暗千家"的景象使他的心情有些黯然。酒并没有浇去愁绪,倒引出身在异乡的感叹,但他马上又作解脱,"休对"、"且将"的自我宽慰,使他又振作起来:抓住青春,诗酒自娱,莫虚度年华。苏辙将其兄修葺的旧台命为"超然",是因为他深知其兄乃是一个"无所往而不乐者"。此词也正可见出苏轼那随遇而安、旷达自放的超然心境。

辑评

俞陛云云:"春水"两句超然台之景宛然在目。下阕故人故国,触绪生悲,新火新茶,及时行乐,以此易彼,公诚达人也。(《宋词选释》)

卜算子

黄州定惠院寓居作①

缺月挂疏桐,漏断人初静②。时见幽人独往来③,缥缈孤鸿影④。　　惊起却回头,有恨无人省⑤。拣尽寒枝不肯栖,寂寞沙洲冷⑥。

卜算子 苏 轼

缺月挂疏桐,漏断人初静。时见幽人独往来,缥缈孤鸿影。
惊起却回头,有恨无人省。拣尽寒枝不肯栖,寂寞沙洲冷。

　　　　　　　　　　　　——明刊本《诗余画谱》

注释

① 黄州,今湖北黄冈。定惠院:在黄冈东南,苏轼初谪黄州时曾一度寓居于此院。

② 漏断:计时的漏壶中的水将滴尽,表示已是深夜。

③ 幽人:这里系指孤鸿。

④ "缥缈"句:这句是说孤鸿影似有似无。

⑤ 省:明白。

⑥ "寂寞"句:此句又作"枫落吴江冷"、"寂寞吴江冷"。

解读

元丰二年(1079),正在湖州任上的四十四岁的苏轼遭到了一次人生的重大打击,那就是所谓的"乌台诗案"。原来他因不满王安石变法,写诗攻击新政,给人告发,并以"讪谤朝廷"的罪名被抓进监狱。关了五个月后,才被放逐到黄州任团练副使。元丰三年(1080)二月,苏轼到达黄州,一时没有合适的居所,暂寓居在定惠院,本词便系此时所作。作者托物言志,借幽独冷落、高洁自赏的孤鸿寄托自己虽身遭厄运、寂寞孤独而不愿随波逐流、与世俗同道的情怀。宋人铜阳居士与俞文豹对此词的解说则未免穿凿附会。

辑评

黄庭坚云:语意高妙,似非吃烟火食人语。非胸中有万卷

书,笔下无一点尘俗气,孰能至此。(《跋东坡乐府》)

鮦阳居士云:"缺月",刺明微也。"漏断",暗时也。"幽人",不得志也。"独往来",无助也。"惊鸿",贤人不安也,"回头",爱君不忘也。"无人省",君不察也。"拣尽寒枝不肯栖",不偷安于高位也。"寂寞吴江冷",非所安也。此词与《考槃》诗极相似。(《复雅歌词》)

俞文豹云:"缺月挂疏桐",明小不见察也;"漏断人初静",群谤稍息也;"时见幽人独往来",进退无处也;"缥缈孤鸿影",悄然孤立也;"惊起却回头",犹恐谗慝也;"有恨无人省",谁其知我也;"拣尽寒枝不肯栖",不苟依附也;"寂寞沙洲冷",宁甘冷淡也。(《吹剑录》)

黄苏云:此词乃东坡自写在黄州之寂寞耳。初从人说起,言如孤鸿之冷落,第二阕专就鸿说,语语双关。格奇而语隽,斯为超诣神品。(《蓼园词评》)

陈廷焯云:寓意高远,措语忠厚,是坡仙独至处,美成、白石亦不能到也。(《词则·大雅集》)

唐圭璋云:此首为东坡在黄州之作。起两句,写静夜之境。"谁见"两句,自为呼应,谓此际无人见幽人独往独来,惟有孤鸿缥缈,亦如人之临夜徘徊耳,此言鸿见人。下片,则言人见鸿,说鸿即以说人,语语双关,高妙已极。山谷谓"似非吃烟火食人语",良然。(《唐宋词简释》)

十拍子

暮　秋

　　白酒新开九酝①，黄花已过重阳②。身外傥来都似梦③，醉里无何即是乡④。东坡日月长。　　玉粉旋烹茶乳⑤，金齑新捣橙香⑥。强染霜髭扶翠袖，莫道狂夫不解狂。狂夫老更狂⑦

注释

① 九酝：美酒名。

② 黄花：菊花。重阳：重阳节。

③ 傥来：意外得来的东西，指功名利禄。语出《庄子·缮性》。

④ 无何：即无何有之乡，指不存在的地方。语出《庄子·逍遥游》。

⑤ "玉粉"句：将茶研成细末不断地烹煮。

⑥ "金齑(jī 基)"句：将金橙细撒在鲈鱼上，其味更鲜。齑，细粉。

⑦ 狂夫：豪放不羁的人。

解读

　　题曰"暮秋"，当是触物兴感。词人所感，乃"身外傥来都似梦"。万物皆梦，故而管他重阳已过，黄花凋残，醉中就有"无何乡"；万物皆梦，故而不辞烹茶捣橙，歌舞欢乐，自是狂夫"老更狂"。全以自嘲口吻,抒写被贬黄州的苦闷,深得怨而不怒之旨。

辑评

沈际飞云:贱者之馋,贫者之贪,尊富者之恋,坡仙一点不着。 又云:常常看之,业根渐息。(《草堂诗余别集》)

昭君怨

金山送柳子玉①

谁作桓伊三弄②,惊破绿窗幽梦③。新月与愁烟,满江天。 欲去又还不去,明日落花飞絮。飞絮送行舟,水东流。

注释

① 金山:位于江苏镇江,宋时为长江中岛屿,现已与长江南岸相连。柳子玉:名瑾,能诗,其子系苏轼的堂妹夫。
② 桓伊:晋人,善吹笛,为江南第一。曾踞胡床为王徽之吹奏过三个曲调。这句只是说谁正在吹笛。
③ 绿窗:碧纱窗,诗词中多指女子居室。

解读

　　熙宁六年(1073)十一月,苏轼往常州、镇江一带赈饥,与既是姻亲又是朋友的柳子玉同行。次年二月,柳子玉又将去舒州(今安徽怀宁)灵仙观,苏轼在镇江金山送别,并作此词相赠。上片写远处传来悠扬的笛声,将自己从梦境中惊醒,推窗而望,只见江天茫茫,新月弯弯。下片设想"明日"送别场面:在落花飞絮的渡口,两人难舍难分,行人终于上船,落花飞絮追逐着行舟,似在代人送别。全词景色凄迷,离思缠绵,在结构上从送别前夜写起,将分手情景以想象写出,构思新颖,不落俗套。

辑评

　　陈廷焯云:"新月"二语,意有六层,凄清绝世。(《云韶集》)

　　俞平伯云:上片平稳。下片首句一顿,以下便顺流而下。叠用"飞絮"接上"落花飞絮"句,顶针接麻格,更显得生动。诗意实是"落花飞絮送行舟",以为调所限,只用了"飞絮"二字。(《唐宋词选释》)

贺新郎

夏　景

乳燕飞华屋①,悄无人、桐阴转午,晚凉新浴。

手弄生绡白团扇②，扇手一时似玉③。渐困倚、孤眠清熟。帘外谁来推绣户，枉教人、梦断瑶台曲④。又却是，风敲竹。　　石榴半吐红巾蹙⑤，待浮花浪蕊都尽⑥，伴君幽独⑦。秾艳一枝细看取，芳心千重似束⑧。又恐被、秋风惊绿⑨。若待得君来向此，花前对酒不忍触。共粉泪，两簌簌⑩。

注释

① 华屋：华美的房屋。

② 生绡：生丝。

③ "扇手"句：谓纤手与扇子都似白玉一般。一时，一并。

④ 梦断瑶台曲：从仙境中梦醒过来。瑶台，神仙的居处。曲，幽深处。

⑤ 红巾蹙：形容石榴开花似结扎的红巾。

⑥ 浮花浪蕊：桃李一类的花虽然娇艳，但很快就会凋谢，所以被视作"浮花浪蕊"。傅幹注："石榴繁盛时，百花零落尽矣。"

⑦ 伴君幽独：言娇艳的花凋残后，只有石榴花来伴随孤独的你。

⑧ 千重似束：形容石榴花花瓣重重叠叠。

⑨ 秋风惊绿：秋风一起，不仅石榴花凋谢，其绿叶也经受不住秋风的摧残。

⑩ 簌簌：纷纷落下。这里既形容落花，又形容落泪。

贺新郎 苏轼

乳燕飞华屋，悄无人、桐阴转午，晚凉新浴。手弄生绡白团
扇，扇手一时似玉。渐困倚、孤眠清熟。帘外谁来推绣户，枉教
人、梦断瑶台曲。又却是，风敲竹。　　石榴半吐红巾蹙，待浮
花浪蕊都尽，伴君幽独。秾艳一枝细看取，芳心千重似束。又恐
被、秋风惊绿。若待得君来向此，花前对酒不忍触。共粉泪，两
簌簌。

——明刊本《诗余画谱》

解读

关于本词，宋人杨湜说是苏轼在任杭州通判时，一日，官府宴会，官妓秀兰因浴后倦卧而姗姗来迟，受到府僚的责备。秀兰含泪力辩，府僚仍不原谅，秀兰便折一枝榴花以谢罪。未料府僚更怒，在旁的苏轼遂作此词以为缓解。这一说法颇为牵强附会，所以并不为人们认同。也有人说此词是苏轼为侍妾榴花或朝云而作，但也无依据。全篇先是咏佳人，言其在"悄无人"的环境中"孤眠"，梦入瑶台却又被风竹敲醒。再是咏榴花，言其不与"浮花浪蕊"为伴而"幽独"绽放，花瓣重重裹束犹如女子芳心不展。最后花人合写，以秋来花残、佳人迟暮作结。胡仔说此词有"托意"，这所谓的托意便是词中隐隐地透露出作者孤高幽独的情怀。

辑评

胡仔云：东坡此词，冠绝古今，托意高远。(《苕溪渔隐丛话》)

沈际飞云：榴花开，榴花谢，似芳心，共粉泪，想象、咏物妙境。(《草堂诗余正集》)

谭献云：颇欲与少陵《佳人》一篇互证。(《复堂词话》)

陈廷焯云：情节相生，笔致婉曲。东坡笔墨，自有东坡心事。此中大有怨情，但怨而不怒，哀而不伤。词骨词品，高绝，卓绝。(《云韶集》)

俞陛云云：此词极写其特立独行之概。以上阕"孤眠"之"孤"字，下阕"幽独"之"独"字，表明本意。"新浴"及"扇手"三句喻其身之洁白,焉能与浪蕊浮花为伍,犹屈原不能以皓皓之白,入汶汶之世也。下阕"芳心千重似束"句及"秋风"句言已深闭退藏,而人犹不恕,极言其忧谗畏讥之意。对花真赏,知有何人,惟有沾襟之粉泪耳。(《宋词选释》)

　　唐圭璋云:此首不必为官妓秀兰而作,写情景俱高妙。"乳燕"三句,写初夏午后之境,幽静已极。"晚凉"三句,写人浴后之秀丽。"渐困倚"数句,写人孤眠,又为风竹惊醒。以上皆记幽闺之事。下片,因见榴花独芳,遂借榴花说人,与《卜算子》下片单说鸿同格。"石榴"三句,写榴花之品格特高,与少陵所写"天寒翠袖薄,日暮倚修竹"之人相似。"秾艳"两句,写榴花之情意独厚。"又恐"一句,忽作顿挫,伤韶光易逝,花事难久。"若待得"数句。继此申言,花若再逢,必更憔悴,不堪重触矣。花落簌簌,泪落簌簌,故曰"两簌簌",写花写人,是二实一。(《唐宋词简释》)

洞仙歌

咏　柳

　　江南腊尽①,早梅花开后。分付新春与垂柳②。细腰肢、自有入格风流③,仍更是、骨体清英雅秀④。　　永丰坊那畔,尽日无人,惟见金丝弄晴昼⑤。断肠是，飞絮时，终叶成阴，无个事、一成消瘦⑥。又莫是东风逐君来，便吹散眉间，一点春皱⑦。

注释

① 腊尽:腊月结束。农历十二月为腊月。

② "分付"句:谓梅花交付垂柳来传递新春来临的消息。

③ 细腰肢:以女子细腰喻柳条。入格风流:合格入流的风韵。

④ 清英雅秀:清丽、英拔、雅致、秀美。

⑤ "永丰坊"三句:据孟棨《本事诗》载,白居易有妾名小蛮,善舞,白氏比之为杨柳,有"杨柳小蛮腰"诗句。及年事高迈,小蛮依然年轻,便作杨柳之词以托意。曰:"一树春风万万枝,嫩于金色软于丝。永丰坊里东南角,尽日无人属阿谁?"永丰坊,长安地名,多柳。这三句意思是说永丰柳虽婀娜多姿,却无人眷顾,空自弄晴。

⑥ "断肠是"四句:谓待柳絮飘飞、绿叶成阴之时,便会为迟暮而消瘦,而断肠。绿叶成阴,语出杜牧《叹花》诗:"自恨寻春去较迟,不须惆怅怨芳时。狂风落尽深红色,绿叶成阴子满枝。"据《唐诗纪事》载,此诗系杜牧因所恋之少女嫁人而作。无个事,即没什么事。一成,都成。

⑦ "又莫是"三句:谓恐怕只有等到来年东风的吹拂,才能消除怨愁,使那蛾眉般的弯弯柳叶重新舒展。

解读

　　此词咏柳,全借女子拟之。起笔点明时令,由冬梅引出春柳后,便围绕这位"柳姑娘"展开。她身段苗条,体态婀娜,仪容入流,骨相高雅。明媚的春光使她分外妖娆,但却独处一角,无人属意,落寞孤寂。晚春来临,绿叶成阴,暗自为迟暮而消瘦悲伤。她那紧蹙的双眉,恐怕要等到来年东风的吹拂才会渐渐地舒展开来。咏物之妙,在于不离不即。也就是说,既要咏物,又要不限于咏物;就咏物说应该"不离",就不限于咏物说应该"不即"。如果即而不离,则粘皮带骨,拘而不畅;如果离而不即,则捕风捉影,晦而不明。此词咏柳,在于词人能取神题外,设境意中。细味全词,说它是咏柳,并不斤斤尺寸;说它是写人,又能切合本题,可谓既得题中之精蕴,又得题外之远致,情韵极为悠漾。

辑评

　　俞陛云云:此词与咏杨花相类,意有所指,非专咏柳也。"绿叶"以下数语似含讽刺,亦庄亦谐,耐人寻绎。(《宋词选释》)

洞仙歌

仆七岁时,见眉山老尼,姓朱,忘其名,年九十余,

自言尝随其师入蜀主孟昶宫中①。一日大热,蜀主与花蕊夫人夜起②,避暑摩诃池上,作一词③,朱具能记之。今四十年,朱已死,人无知此词者。但记其首两句。暇日寻味,岂《洞仙歌令》乎?乃为足之。

冰肌玉骨④,自清凉无汗。水殿风来暗香满⑤。绣帘开、一点明月窥人,人未寝,敧枕钗横鬓乱。

起来携素手⑥,庭户无声,时见疏星渡河汉⑦。试问夜如何,夜已三更,金波淡、玉绳低转⑧。但屈指、西风几时来,又不道、流年暗中偷换⑨。

注释

① 孟昶(chǎng 厂):五代时后蜀国君,能词。

② 花蕊夫人:孟昶的贵妃,姓徐。

③ 作一词:指孟昶作词一首,今此词已佚。

④ 冰肌玉骨:肌骨像冰一样清净,又像玉一样润泽。

⑤ 水殿:建在水上的宫殿。

⑥ 素手:洁白的手。

⑦ 河汉:银河。

⑧ 金波:即月光。玉绳低转:言已是深夜。玉绳,星名。北斗星第五星名玉衡,玉衡北面的两颗星为玉绳。

⑨ 不道:不知不觉。流年:如流水一样逝去的年华。

洞仙歌 苏 轼

　　冰肌玉骨，自清凉无汗。水殿风来暗香满。绣帘开、一点明月窥人，人未寝，欹枕钗横鬓乱。　　起来携素手，庭户无声，时见疏星渡河汉。试问夜如何，夜已三更，金波淡、玉绳低转。但屈指、西风几时来，又不道、流年暗中偷换。

——明刊本《诗余画谱》

解读

　　题序告诉我们,有个朱姓老尼能够吟诵蜀主孟昶与花蕊夫人纳凉摩诃池一词,因为自己是在七岁的时候听到的,如今相隔了四十年,只记得开首两句,所以乘闲暇将其补足。词的内容仍然是围绕蜀主孟昶与花蕊夫人夜间乘凉之事。上片写帘内欹枕,下片写池上纳凉。其人风姿绰约,天生丽质;其境月色澄明,万籁无声。整首词写得清妙绝伦,正如唐圭璋所云:"将热夜纳凉情景,写得清凉自在,如涉灵境。"(《唐宋诗简释》)不过,此词佳处并不仅于此,末尾"但屈指、西风几时来,又不道、流年暗中偷换"二句颇可深味。当人们在期盼秋风送凉的时候,并没有意识到随着秋风的到来时光已悄悄地逝去,有了这一层含意,全词就不只是设想蜀主当日情事敷衍成篇,而别有一番情思。

辑评

　　张炎云:清空中有意趣,无笔力者未易到。(《词源》)

　　陈廷焯云:"月窥人"三字奇妙。结二语呜呜咽咽,我不忍卒读。(《云韶集》)

　　沈祥龙云:词韶丽处,不在涂脂抹粉也。诵东坡"冰肌玉骨,自清凉无汗。水殿风来暗香满"句,自觉口吻俱香。(《论词随笔》)

　　郑文焯云:坡老改添此词数字,诚觉气象万千。其声亦如空山鸣泉,琴筑竞奏。(《大鹤山人词话》)

俞陛云云:全篇好语穿珠,清丽而兼高浑,风格似南唐二主。(《宋词选释》)

八声甘州

寄参寥子①

有情风万里卷潮来,无情送潮归。问钱塘江上,西兴浦口②,几度斜晖? 不用思量今古,俯仰昔人非③。谁似东坡老,白首忘机④。 记取西湖西畔,正春山好处,空翠烟霏⑤。算诗人相得,如我与君稀⑥。约他年、东还海道,愿谢公、雅志莫相违⑦。西州路,不应回首,为我沾衣⑧。

注释

① 参寥子:僧人道潜,字参寥,作者的朋友,能诗。

② 西兴浦口:即西兴渡,位于钱塘江南岸,今属浙江萧山。

③ "俯仰"句:俯仰之间人事就发生变化了。俯仰:喻时间飞逝。

④ 忘机:毫无巧诈的心机。

⑤ 空翠:指山色浓翠。烟霏:雾霭缭绕。

⑥ "算诗人"二句:意谓即使诗人间情意相合,但像我与你这样

的知己还是很少。

⑦ "约他年"二句：据《晋书·谢安传》载，谢安虽官居高位，却一
直希望有一天能够退隐东山(今浙江上虞)。但直到他死去，
仍未如愿。东还海道，指从海路东还，回到东山。

⑧ "西州路"三句：谢安临死前返回南京，经过西州门时，为自己
归隐之志未能实现而感慨。谢安死后，他的外甥羊昙不忍心
再过西州门。一次酒醉误过，回忆谢安往事，恸哭不已。作
者在这里以谢安自喻，以参寥子喻羊昙，意思说自己一定会
归隐，不会让参寥子像羊昙哭谢安那样为我而恸哭。

解读

苏轼曾两次在杭州做官，第一次是他三十六岁到三十九岁
的时候，第二次是他五十四岁到五十六岁的时候。此词作于第
二次离开杭州赴任京城之际，是与僧友参寥的告别之作。上片
从眼前潮来潮去、几度夕阳引出感慨：多少人事，俯仰之间，便成
陈迹。在这"无情"的现实面前，又有谁能够像我一样恬淡自适、
泯灭机心呢！过片回忆与参寥的游湖登山，诗歌往来。"如我与
君稀"照应"谁似"，点出双方的情投意合。"约他年"以下又回到
自身，表示不会让老友将来为我没能实现自己的"雅志"而抱憾。
据史载，苏轼这次赴任京城只数月便请求离朝外任。正如词中
所表现的，他对于做官、做什么官或在哪里做官早已超脱。他的
这种旷达与淡泊显然是因为经历了太多的坎坷。所以陈廷焯评
此词云："寄伊郁于豪宕，坡老所以为高。"(《白雨斋词话》)

八声甘州　寄参寥子　苏　轼

有情风万里卷潮来，无情送潮归。问钱塘江上，西兴浦口，几度斜晖？不用思量今古，俯仰昔人非。谁似东坡老，白首忘机。　记取西湖西畔，正春山好处，空翠烟霏。算诗人相得，如我与君稀。约他年、东还海道，愿谢公、雅志莫相违。西州路，不应回首，为我沾衣。

——明刊本《诗余画谱》

辑评

沈际飞云：伸纸书去，亭亭无染，青莲出池。（《草堂诗余正集》）

郑文焯云：突兀雪山，卷地而来，真似钱塘江上看潮时，添得此老胸中数万甲兵，是何气象雄且杰。妙在无一字豪宕，无一语险怪，又出以闲逸感喟之情，所谓骨重神寒，不食人间烟火者。词境至此，观止矣。　又云：云锦成章，天衣无缝，是作从至情流出，不假熨帖之工。（《大鹤山人词话》）

俞陛云云：起笔破空而下，风潮来去，有情而实无情，千古之循环兴废，大抵如斯。惟有此高世之想，故下阕与参寥子相约，尔我之交谊，应效谢安在新城欲自海道还，以遂其雅志，勿效羊昙他日发马策西州之感也。（《宋词选释》）

阮郎归

初　夏

绿槐高柳咽新蝉①，熏风初入弦②。碧纱窗下水沉烟③，棋声惊昼眠。　　微雨过，小荷翻，榴花开欲然④。玉盆纤手弄清泉，琼珠碎却圆⑤。

阮郎归 初夏 苏轼

绿槐高柳咽新蝉，熏风初入弦。碧纱窗下水沉烟，棋声惊昼眠。　微雨过，小荷翻，榴花开欲然。玉盆纤手弄清泉，琼珠碎却圆。

——明刊本《诗余画谱》

注释

① 咽:声塞,这里形容蝉声时断时续。初夏蝉因新出,故其鸣声还不连贯。

② "熏风"句:意思是南风开始吹拂了。熏风,即南风。据《礼记·乐记》载,舜曾作五弦之琴以歌《南风》,其辞曰:"南风之熏兮,可以解吾民之愠兮。"

③ 水沉烟:沉香的烟雾。水沉,一种入水即沉的香木,古人用作香料。

④ 开欲然:形容盛开的榴花。然,同燃。

⑤ 琼珠:水珠。却:又。

解读

此词作于元丰七年(1084)四月,题为"初夏",实写闺情。上片四句四景,组成了一幅幽美宁静的初夏美人图。下片转写室外,微雨过后,风动新荷,榴花似火,美人端着玉盆泼弄着清泉。全词写景写人细腻精致。新蝉之"咽",小荷之"翻",榴花之"然",初夏景物鲜明动人;棋声惊眠,纤手弄泉,美人形象传情传神。

辑评

黄苏云:清和婉丽中而风格自佳。(《蓼园词评》)

俞陛云云:写闺情而不着妍辞,不作情语,自有一种闲雅之趣。(《宋词选释》)

江城子

　　陶渊明以正月五日游斜川①，临流班坐②，顾瞻南阜③，爱曾城之独秀④，乃作《斜川》诗，至今使人想见其处。元丰壬戌之春⑤，余躬耕于东坡，筑雪堂居之。南挹四望亭之后丘⑥，西控北山之微泉，慨然而叹，此亦斜川之游也。乃作长短句，以《江城子》歌之。

　　梦中了了醉中醒⑦，只渊明，是前生⑧。走遍人间，依旧却躬耕⑨。昨夜东坡春雨足，乌鹊喜，报新晴。　　雪堂西畔暗泉鸣，北山倾，小溪横。南望亭丘，孤秀耸曾城⑩。都是斜川当日境，吾老矣，寄馀龄⑪。

注释

① 陶渊明：东晋田园诗人，因不满当时的官场黑暗而弃官归隐。

② 临流班坐：面对河流，依次而坐。

③ 南阜：南山，这里指庐山。

④ 曾城：又名层城，传说中昆仑山的最高级，系太帝之居。这里指庐山北面的鄣山。

⑤ 元丰壬戌：元丰五年(1082)。

⑥ 挹(yì 义)：控制。四望亭：位于雪堂南高冈上，为唐人所建。

⑦“梦中”句：即梦里明白，醉中清醒。

⑧“只渊明”二句：似乎觉得陶渊明是自己的前生。

⑨却躬耕：退隐从事农耕。

⑩“孤秀”句：谓四望亭的后丘耸立，就如昆仑仙境一般。

⑪馀龄：余生。

解读

　　元丰三年（1080）二月，苏轼到达贬所黄州，暂居定慧院，与寺院和尚起火吃饭，三个月后迁居临皋亭。家人原由弟弟照顾，这时子由也受牵连被贬，只好将嫂子全家送来黄州。由于家口众多，生计困难，第二年在朋友的帮助下，向官府申请到一块荒芜的旧营地耕种，以补食用之不足。此地约有数十亩，位于黄州之东，苏轼躬耕其中，自得其乐，并为之取名“东坡”，自号东坡居士。随后又在其上筑雪堂，作为游息之所。东坡雪堂的景色，在苏轼看来就像陶渊明诗中的斜川。这首作于元丰五年（1082）三月的《江城子》抒发的便是这种感受。词以写景为主，东坡之夜来春雨润物，清晨乌鹊呼晴；雪堂四周之鸣泉流溪、山亭远峰，不仅让词人感到有如“斜川当日景”，更让词人觉得陶渊明就是自己的“前生”，所以也就有了在此“寄馀龄”、与陶渊明一样过归隐田园生活的心愿。解此词关键，在注意上片“走遍人间，依旧却躬耕”，从中可捕捉到词人学陶归隐的真正原因。

郑文焯云：读东坡先生词，于气韵格律，并有悟到空灵妙境，匪可以词家目之，亦不得不目为词家。世每谓其以诗入词，岂知言哉！董文敏论画曰："同能不如独诣。"吾于坡仙词亦云。（《大鹤山人词话》）

江城子

孤山竹阁送述古①

翠蛾羞黛怯人看②，掩霜纨③，泪偷弹。且尽一尊，收泪唱阳关④。漫道帝城天样远，天易见，见君难⑤。　　画堂新构近孤山⑥，曲阑干，为谁安。飞絮落花，春色属明年。欲棹小舟寻旧事，无处问，水连天。

注释

① 孤山竹阁：白居易在杭州任刺史时所建。述古：即陈襄，字述古。当时述古由杭州太守调任南都(今河南商丘)太守。

② 翠蛾羞黛：这里指送别述古席上的官妓。翠蛾，女子的眉毛。黛，女子画眉毛用的青黑色的颜料，此处亦指眉。

③ 霜纨：白绢。

④ 阳关：即阳关曲，因以王维《送元二使安西》"渭城朝雨浥清尘，客舍青青柳色新。劝君更尽一杯酒，西出阳关无故人"诗所谱，故名。

⑤ "漫道"三句：据《世说新语》载，晋明帝司马绍从小聪敏。数岁时，坐父亲膝前，恰有使君从长安来。父亲问他："长安远还是太阳远？"他回答："太阳远，因为只见有人从长安来，没听说过有人从太阳来。"第二天群臣宴席上，父亲再次问他，他却说太阳近，因为"举目见日，不见长安"。此即"天易见，见君难"所本。漫道，不要随意地说。帝城，即南都，北宋时亦称"南京"。

⑥ 画堂：指与竹阁相连接的柏堂，为僧志诠所建。

解读

　　陈述古离开杭州赴任南都，苏轼一共写了七首送别词，前面已选录了一首《南乡子·送述古》（见本书），这首是在孤山竹阁离别筵席上所作，系代妓送别。上片写送别情景。前三句是歌妓悲伤落泪情态，接下"唱阳关"写歌声之悲，"见君难"写离别之悲。下片抒相思之情。画堂新建，将无人共赏。待明年春日飞絮落花，情事恐已渺茫，棹舟西湖也难觅旧游踪迹。全篇从天近人远之"见君难"引出水天茫茫之"思君难"，运思婉曲，词心幽渺，是苏轼早期婉约词佳作。

江城子

湖上与张先同赋①,时闻弹筝。

凤凰山下雨初晴②, 水风清, 晚霞明。一朵芙蕖③, 开过尚盈盈④。何处飞来双白鹭, 如有意, 慕娉婷⑤。　　忽闻江上弄哀筝, 苦含情⑥, 遣谁听。烟敛云收, 依约是湘灵⑦。欲待曲终寻问取, 人不见, 数峰青⑧。

注释

① 张先:字子野,北宋著名词人,年长苏轼四十七岁。

② 凤凰山:位于今杭州市南,山形如凤凰欲飞,故名。

③ 芙蕖:即荷花。

④ 盈盈:美丽动人的姿态。

⑤ 娉婷:姣美貌。

⑥ 苦:很,十分。

⑦ 湘灵:湘水之神,据说是舜的两个妃子娥皇、女英溺死湘水后所化。

⑧ "欲待"三句:化用钱起《湘灵鼓瑟》"曲终人不见,江上数峰青"诗意。

解读

此词系熙宁七年(1074)苏轼与张先等友人游西湖时所作。据《墨庄漫录》记载,苏轼与客游西湖,坐孤山竹阁前临湖亭上,座中二客有孝在身。此时一彩舟驶近亭前,舟中载有美女数人,其中一位年三十余,风韵娴雅,正在弹筝,那二位有孝的客人竟然目送之。曲未终,彩舟已远去,苏轼因而戏作此词。题序说张先亦同时有赋,可惜今已不存。上片写湖上景,由雨后初晴的凤凰山写到湖上的清风,天边的晚霞,盈盈的荷花,飞翔的白鹭,一路写来,似在绘一幅西湖风景图。"如有意,慕娉婷"二句将白鹭飞临想象成倾慕荷花之美丽,一语双关,引出下阕的弹筝女子。下片写闻弹筝。先是写筝声之哀婉,再由筝声转写弹筝人。"湘灵鼓瑟"典故的化用,既喻弹筝者有湘灵之美,又营造出凄迷的意境。曲终而人不见,自然引起听者的怅惘,但词人以景截情,让读者在"数峰青"的时空中寻绎绵绵的情思。

江城子

密州出猎^①

老夫聊发少年狂，左牵黄，右擎苍^②，锦帽貂裘，千骑卷平冈。为报倾城随太守，亲射虎，看孙郎^③。　　酒酣胸胆尚开张，鬓微霜，又何妨。持节云中，何日遣冯唐^④。会挽雕弓如满月，西北望，射天狼^⑤。

注释

① 密州：今山东诸城。

② "左牵黄"二句：左手牵着黄狗，右臂托着苍鹰。

③ 孙郎：指孙权。《三国志·吴书·孙权传》中有孙权射虎的记载。此以孙权自喻。

④ "持节"二句：《史记·冯唐列传》载，汉文帝时，云中太守魏尚抗击匈奴有功，但因报功不实，获罪削职。冯唐向文帝直言劝谏，文帝感悟，便派冯唐持节去赦免魏尚，恢复了他的云中太守之职。节，符节，古代传达皇帝命令的凭证。

⑤ 天狼：即狼星，主侵掠。此代指当时的西夏。

解读

　　这首词作于熙宁八年（1075）作者任密州太守时，通过平冈围猎壮阔场面的描写,抒发了渴望报国立功的豪情壮志。全词以奔放的感情,雄壮的气势,高昂的语调,直贯而下,充分显示出豪迈纵放的精神。作者在《与鲜于子骏书》中曾云:"近却颇作小词,虽无柳七郎风味,亦自是一家,呵呵。数日前猎于郊外,所获颇多。作得一阕,令东州壮士抵掌顿足而歌之,吹笛击鼓以为节,颇壮观也。"可见此词乃是作者的得意之作。

辑评

俞平伯云:("持节"二句)这里盖以冯唐自比,兼采左思《咏史》"冯公岂不伟,白首不见招"及王勃《滕王阁序》所谓"冯唐易老"等意,承"鬓微霜,又何妨"来,亦即上文所谓"老夫"。(《唐宋词选释》)

江城子

别徐州

天涯流落思无穷,既相逢,却匆匆。携手佳人,和泪折残红。为问东风余几许? 春纵在,与谁同。　　隋堤三月水溶溶①,背归鸿②,去吴中③。回首彭城④,清泗与淮通⑤。寄我相思千点泪,流不到，楚江东⑥。

注释

① 隋堤：隋炀帝时开通济渠，沿渠筑堤，堤上植柳，故称隋堤。
　　水溶溶：水流貌。
② 背归鸿：与归鸿所飞方向相反。苏轼系南行，大雁是北归，所
　　以用"背"字。
③ 吴中：江浙一带春秋时属吴地。这里指湖州。
④ 彭城：今江苏徐州。
⑤ 泗：泗水，源出山东，流经徐州，注入淮河。
⑥ 楚江东：长江以南。这里也是指湖州。

解读

　　元丰二年（1079）三月，苏轼由徐州调往湖州。因弟弟子由
在南都（今河南商丘）任签判，便于赴任途中先去南都小住半月，
随后再南下。此词系南下途中所作，叙写与徐州友人的别情。
上片抒发感慨。起句自伤身世，以下承"思无穷"展开。相逢而
又匆匆相别，一层感慨；所别者，佳人也，二层感慨；佳人伤别，泪
滴残红，三层感慨；春风尚存，却无人与共，四层感慨。层层感
慨，有深悲焉。下片途中思忆。隋堤柳依依，春水送行舟，回首
彭城，不见佳人，已足令人可伤，更可伤的是，佳人的相思之泪只
能随着泗水流到淮河，而流不到我所去的楚江之东。相思之泪

江城子　别徐州　苏　轼

　　天涯流落思无穷，既相逢，却匆匆。携手佳人，和泪折残红。为问东风余几许？春纵在，与谁同。　　隋堤三月水溶溶，背归鸿，去吴中。回首彭城，清泗与淮通。寄我相思千点泪，流不到，楚江东。

——明刊本《诗余画谱》

从对方想出,又设想对方托付泗水将相思泪伴我而行,这种分身以自省、推己以忖他的艺术手段,使全词情致宛转,饶有生趣。词中"佳人",可作友人解,不必拘于一端。

辑评

杨慎云:结句从李后主"恰似一江春水向东流"转出,更进一步。(杨慎评本《草堂诗余》)

李廷机云:伤别之意,至矣,尽矣。(《新刻注释草堂诗余评林》)

黄苏云:先从自己流落写起,言旧好遇于彭城,又匆匆折残红以泣别。别后虽有春,不能共赏矣。隋堤,汴堤也,通于淮,言我沿隋堤而下维扬,回望彭城,相去已远。纵泗水流与淮通,而泪亦寄不到,为可伤也。(《蓼园词评》)

陈廷焯云:语极沉着,一往情深。(《云韶集》)

江城子

东武雪中送客①

相逢不觉又初寒,对尊前,惜流年。风紧离亭,冰结泪珠圆。雪意留君君不住,从此去,少清欢。　　转头山上转头看^②，路漫漫，玉花翻^③。银海光宽^④，何处是超然^⑤？　知道故人相念否，携翠袖^⑥，倚朱阑。

注释

① 东武：即密州。客：指章传，字传道。苏轼任密州太守时，章任密州州学教授。

② 转头山：位于密州南四十里。

③ 玉花：喻雪花。

④ 银海光宽：指铺满白雪的大地闪着银光。

⑤ 超然：即密州超然台。

⑥ 翠袖：这里代指女子。

解读

　　熙宁九年（1076）十二月，送别友人而作此词。上片从送者写。雪中送客，别酒离泪，感叹岁月流逝，遗憾留君不住，想今后自是失落寡欢。下片从行者写。雪中登途，渐行渐远，回望雪中超然，唯见长路漫漫，想送者依然斜倚朱栏。全词不事雕琢，全是自然流露，感人处唯在情真与情深。末尾的知君忆我，而我亦忆君，主客体交融一体，情意缠绵不尽。

江城子

乙卯正月二十日夜记梦①

十年生死两茫茫②，不思量，自难忘。千里孤坟③，无处话凄凉。纵使相逢应不识，尘满面，鬓如霜。　　夜来幽梦忽还乡，小轩窗，正梳妆。相顾无言，惟有泪千行。料得年年肠断处，明月夜，短松冈④。

注释

① 乙卯：宋神宗熙宁八年(1075)。

② 十年：苏轼原配夫人王氏卒于宋英宗治平二年(1065)，距作者写此词正好十年。

③ 千里孤坟：王氏葬于四川彭山县，而作者当时在密州(今山东诸城)任职，故有"千里"之说。

④ 短松冈：遍植松树的小山冈。这里指王氏墓地。

解读

　　苏轼对于词体发展的贡献之一是开拓了词境，像这首写夫妻之情内容的，前人的作品中就没有出现过。词系悼念亡妻。上片写相思，共分三层，一是十年的生死相隔，对亡妻的思念依然铭心刻骨；二是想对亡妻倾诉心中的凄凉，而亡妻的坟墓又孤零零地远在千里之外；三是即便相逢，恐怕也无法相识，因为自己已是风尘满面，鬓白如霜。下片记梦境。"幽梦"正显出梦境的隐约迷离，而临轩对镜梳妆的描写，又虚中有实。"相顾"二句，形象地再现了一旦重逢后那悲喜交集的情景。结末三句是梦后感慨：明月孤坟，荒冈短松，此恨"年年"，永无绝期。全词表达了对亡妻挚厚的情感，同时也渗透了自己仕途坎坷的辛酸，千载之下读来依然感人肺腑，可称悼亡词中的最佳之作。

辑评

唐圭璋云：此首为公悼亡之作。真情郁勃，句句沉痛，而音响凄厉，诚后山所谓"有声当彻天，有泪当彻泉"也。起言死别之久。"千里"两句，言相隔之远。"纵使"两句，设想相逢不识之状。下片，忽折到梦境，轩窗梳妆，犹是十年以前景象。"相顾"两句，写相逢之悲，与起句"生死两茫茫"相应。"料得"两句，结出"肠断"之意。"明月"、"松冈"，即"千里孤坟"之所在也。（《唐宋词简释》）

蝶恋花

春景

花褪残红青杏小①，燕子飞时，绿水人家绕。枝上柳绵吹又少②，天涯何处无芳草。　　墙里秋千墙外道，墙外行人，墙里佳人笑。笑渐不闻声渐悄，多情却被无情恼③。

注释

① 花褪残红：指春花凋谢。褪，凋谢。

② 柳绵：柳絮。

③ "多情"句：意谓行人听到墙内女子的笑声枉自多情。多情，指墙外行人。无情，指墙内女子，墙内女子之笑本出于无心，故曰"无情"。

解读

　　此词写暮春时节一个外乡行人的感受。上片伤春，一边是红花凋谢，青杏初生，柳絮稀落，预示着春光即将逝去；一边是紫燕轻飞，溪水深绿，芳草处处，又带给天涯行客些许安慰。下片抒情，"墙里秋千"承"绿水人家"而来，天涯行客在见到漫山遍野的芳草之后，又听到墙内荡秋千佳人的欢笑，触动了内心的情弦，然而佳人的笑声渐渐远去，行人的自作多情只是自寻烦恼。细味词意，此词当作于被贬岭南之际。

辑评

　　王士禛云："枝上柳绵"，恐屯田缘情绮靡，未必能过。孰谓

蝶恋花 春景 苏 轼

　　花褪残红青杏小，燕子飞时，绿水人家绕。枝上柳绵吹又
少，天涯何处无芳草。　　墙里秋千墙外道，墙外行人，墙里佳
人笑。笑渐不闻声渐悄，多情却被无情恼。

——明刊本《诗余画谱》

坡但解作"大江东去"耶？髯直是轶伦绝群。(《花草蒙拾》)

先著云：坡公于有韵之言，多笔走不守之憾。后半手滑，遂不能自由，少一停思，必无此失。(《词洁》)

黄苏云："柳绵"自是佳句，而次阕尤为奇情四溢也。(《蓼园词评》)

李佳云：(下片)此亦寓言，无端致谤之喻。(《左庵词话》)

俞陛云云：絮飞花落，每易伤春，此独作旷达语。下阕墙内外之人，干卿底事，殆偶闻秋千笑语，发此妙想，多情而实无情，是色是空，公其有悟耶？(《宋词选释》)

蝶恋花

京口得乡书①

雨后春容清更丽，只有离人，幽恨终难洗。北固山前三面水②，碧琼梳拥青螺髻③。　　一纸乡书来万里，问我何年，真个成归计④。回首送春拚一醉⑤，东风吹破千行泪。

注释

① 京口：即今江苏镇江。孙权曾在此建都，称京城，迁都建业(今江苏南京)后，以此为京口镇。

② 北固山：位于镇江，三面临水。因其势险固，故名。

③ 碧琼：形容江水翠碧。青螺髻：形容北固山山形如同女子发髻。

④ "真个"句：真的实现回乡的打算。

⑤ 拚一醉：即甘愿一醉。

解读

　　熙宁七年（1074）二月，在京口公务的苏轼接到乡书后，以此词抒发思乡情怀。上片采用倒句法，正常的语序应该是水如碧玉，梳理螺髻似的北固山，雨后春容更显清丽，雨水能洗春容，却洗不去离人心头的幽恨。倒句法的运用，为的是更突出句中反衬的效果。下片，"一纸乡书"与"千行泪"的对比，诉说客居异乡的伤感；"万里"与"一醉"的对比，传出思归不得的无奈。"问我何年，真个成归计"，其中的"真"字，透露出词人居处官场、身不由己的处境。苏轼以后的经历表明，这个始终萦绕其心头的"归计"，一直到其去世都没能实现。

蝶恋花

暮春别李公择①

簌簌无风花自堕②，寂寞园林，柳老樱桃过③。

落日多情还照坐④，山青一点横云破⑤。　　　路尽河回人转舵，系缆渔村，月暗孤灯火⑥。凭仗飞魂招楚些⑦，我思君处君思我。

注释

① 李公择：李常，字公择。苏轼好友，黄庭坚的舅舅。与苏轼一样，对新法不满。

② 簌簌：这里系形容花落的声音。

③ 樱桃过：樱桃的花期过了。

④ 照坐：指照在坐着话别的人身上。

⑤ 横云破：即山峰出云。

⑥ 火：这里是明亮的意思。

⑦ 楚些(suò)：因《楚辞·招魂》的句尾常用语助词"些"字，所以后人就以"楚些"称《楚辞·招魂》。这一句为倒装，正常语序应该是"凭仗楚些招飞魂"，是写词人在送别之际听到野外有人唱着招魂曲在招魂。

解读

此词作于元丰元年（1078）三月，当时李公择由山东调任安徽，路经苏轼的任所徐州，相与唱酬月余。临别之际，苏轼作此词以送。上片暮春景。"簌簌"句写落花颇具神致，顾氏所评甚细。"落日"句景中含情，点出话别。下片离别意。"路尽"三句想象友人别去情境,可感双方之黯然神伤。末句"我思君"、"君思我",采用回文,造成一种往复回环之美。

辑评

沈际飞云:"落日"二句,敲空有响。(《草堂诗余别集》)

陈廷焯云:语浅情长,笔致亦超迈。(《词则·别调集》)

顾随云:夫写春而写暮春,写花而写落花,诗人弄笔,成千累万,老苏于此,有甚奇特?试参他第一句"簌簌无风花自堕","簌簌"字、"自"字,真将落花情理写出,再不为后人留些儿地步。尤妙在无风,便觉落花之落,乃是舒徐悠扬,不同于风雨中之飘零狼藉。及至"堕"字,落花乃遂安闲自在地脚跟点地了也。(《顾随文集·东坡词说》)

蝶恋花

密州上元①

灯火钱塘三五夜②,明月如霜,照见人如画。帐底吹笙香吐麝③,此般风味应无价。　　寂寞山城人老也,击鼓吹箫,乍入农桑社④。火冷灯稀霜露下,昏昏雪意云垂野。

注释

① 密州:今山东诸城。

② 三五夜:三五一十五,即旧历正月十五元宵节,元宵节又称上元。

③ 香吐麝:香炉吐着麝香。

④ "乍入"句:指到土地庙祈求新年丰收。

解读

苏轼在杭州做了整整三年的通判后,于熙宁七年(1074)十一月转官密州,次年的正月十五写下此词。正月十五是元宵佳节,刚到密州不久的苏轼自然不会忘怀杭州过元宵节的情景,所以词中先是回忆杭州上元的繁华。首句写灯,次句写月,三句写街市游人,四句写富家排场,五句写自己感受。过片以"寂寞"二字转到眼下密州上元的冷落。以前是"灯火钱塘",现在是"火冷灯稀";以前是"明月如霜",现在是"昏昏雪意";以前是"人如画",现在是"人老也";以前是帐底"吹笙吐麝",现在是农桑社"击鼓吹箫"。两两相形,见出词人心境的寥落。苏轼由杭州移守胶西,虽官升一级,但正如他在《超然台记》中所言,一方面要适应"去雕墙之美而蔽采椽之居,背湖山之观而适桑麻之野"的环境变化;另一方面又要应对当地"岁比不登,盗贼满野,狱讼充斥"的管理局面,这恐怕就是苏轼当时心境寂寞的原因吧。

采桑子

润州多景楼与孙巨源相遇①

多情多感仍多病，多景楼中。尊酒相逢，乐事回头一笑空。　　停杯且听琵琶语，细撚轻拢②。醉脸春融，斜照江天一抹红。

注释

① 润州：今江苏镇江，三国时孙权曾建都于此，历来是兵家必争之地。多景楼：位于江苏镇江北固山甘露寺内，下临长江。孙巨源：孙洙，字巨源，官至翰林学士。

② 撚(niǎn 拈)、拢：弹琵琶时为表达细腻情感而用的两种指法，即揉弦与叩弦。白居易《琵琶行》："轻拢慢撚抹复挑，初为霓裳后六幺。"

解读

据苏轼友人杨元素的《本事集》载，熙宁七年(1074)冬，苏轼由杭州通判调任密州太守，途经润州(今江苏镇江)时与孙巨源、王正仲聚于甘露寺多景楼。席间，有一个名叫胡琴的官妓色艺俱佳。孙巨源对苏轼说："残霞晚照，非奇词不尽。"苏轼于是填写了这首《采桑子》。上片写相会多景楼喝酒，虽为"乐事"，但想到"回头一笑"，便成空无，不免"多情多感"起来。过片"停杯且听"是排解之举。"细捻轻拢"表明弹技之高妙,"醉脸春融"形容弹者之妩媚。末句的江天晚景系实写,其明丽的色彩可感词人暂得宽慰的心绪。词是应酬,但感慨系之。这感慨有充满历史故事的北固山为背景,故自然深沉。起句摹仿李白《宣城见杜鹃花》之"一见一回肠一断,三春三月忆三巴"句式,然其中"多病"二字,出语无端,当属滑笔。

辑评

陈廷焯云:语亦别致,诗情画景。(末句)只此七字,便写出晚江景色来。(《云韶集》)

永遇乐

寄孙巨源[①]

长忆别时,景疏楼上[②],明月如水。美酒清歌,留连不住,月随人千里。别来三度,孤光又满[③],冷落共谁同醉。卷珠帘,凄然顾影,共伊到明无寐[④]。　　今朝有客,来从濉上[⑤],能道使君深意[⑥]。凭仗清淮,分明到海,中有相思泪[⑦]。而今何在,西垣清禁[⑧],夜永露华侵被[⑨]。此时看,回廊晓月,也应暗记。

注释

① 孙巨源:孙洙,字巨源,曾任海州(今江苏连云港市)太守。

② 景疏楼:位于海州东北,系宋人叶祖洽因仰慕汉代东海人疏广、疏受之高义而建。

③ "别来"二句:谓孙巨源离开海州已第三次月圆。孤光,月光。

④ 共伊到明:伴随月亮共同到天明。

⑤ 来从濉(suī 虽)上:从濉水来到海州。濉,水名,自河南经安徽,入江苏,流入泗水。因其源近汴京,所以这里代指孙巨源所在的京城。

⑥ 使君:指孙巨源。

⑦ "凭仗"三句:意谓孙巨源将相思之泪托付给清澈的淮水,让它流到海州。凭仗,依靠,凭借。清淮,清澈的淮水。

⑧ 西垣清禁:孙巨源在京城办公处。西垣,中书省的别称。清禁,谓皇宫。孙巨源入京任记录皇帝言行及替皇帝拟稿的官职,所以在宫中办公。

⑨ 夜永:夜长。露华:带露寒气。

解读

　　熙宁七年(1074)十月十五日,苏轼在赴任密州太守的路途中,到达海州(今江苏连云港),海州陈太守在景疏楼为其接风。三个月前,苏轼的好友、原海州太守孙巨源离任时,亦曾在这里与群僚告别。如今,巨源已到汴京履新,苏轼便于席上作此词寄之,以表思念之情。上片,"长忆"六句,设想巨源当日坐别景疏楼情景;"别来"六句,设想巨源离开海州后境况,全是围绕"月"来展开。分手时"月如水",行程中"月随人",别后月圆衬孤单,夜晚月明照无眠,写足怀念情状。下片,"今朝"三句系实写,以巨源问候交代作词缘由,"凭仗"三句系虚写,以奇思妙想见出相忆之深。"而今"以下,又推己及人,不说己之思友,而推想友人在宫中思我,既婉曲蕴藉地表达了念友情思,亦使全词有了更广阔的想象空间。

辑评

俞陛云云:观"清淮"、"到海"三句,知与巨源交谊之深,更忆及"西垣清禁",同此月明,抚今追昔,不尽低回。言为心声,知公天性之厚也。(《宋词选释》)

冯振云:(东坡词)云:"凭仗清淮,分明到海,中有相思泪。"又云:"回首彭城,清泗与淮通。欲寄相思千点泪,流不到,楚江东。"正反两用,要从杜老"故凭锦水将双泪,好过瞿塘滟滪堆"来也。(《诗词杂话》)

永遇乐

夜宿燕子楼[①],梦盼盼,因作此词

明月如霜,好风如水,清景无限。曲港跳鱼,圆

荷泻露，寂寞无人见。紞如三鼓②，铿然一叶③，黯黯梦云惊断④。夜茫茫，重寻无处，觉来小园行遍。

天涯倦客，山中归路，望断故园心眼⑤。燕子楼空，佳人何在，空锁楼中燕。古今如梦，何曾梦觉，但有旧欢新怨。异时对，黄楼夜景，为余浩叹⑥。

注释

① 燕子楼：位于彭城(今江苏徐州)，相传是唐代张建封(实应为建封之子张愔)为其爱妾关盼盼所建。张死，盼盼感念旧情而不嫁，独居是楼十余年。

② 紞(dǎn 胆)如：击鼓声。《晋书·邓攸传》："紞如打五鼓，鸡鸣天欲曙。"

③ 铿然：金石声。这里形容落叶的声音。

④ "黯黯"句：意谓从梦见盼盼的睡梦中惊醒后情怀黯然。梦云，宋玉《高唐赋》说楚王梦见巫山神女，神女自称"朝为行云，暮为行雨"，这里借此典言梦见盼盼。

⑤ "望断"句：谓心系故乡，极目远眺，却无法望见。

⑥ "异时对"三句：系作者设想若干年后，后人亦会对黄楼凭吊自己。黄楼，苏轼在徐州城东门上所建之楼。浩叹，深长地感叹。

解读

　　题序已将创作缘由交待清楚。关于这首词，曾慥的《高斋诗话》记有一则趣事,说是秦观一日入京拜见苏轼,苏轼问他:"最近可有新作?"秦观举出"小楼连苑横空,下窥绣毂雕鞍骤"。苏轼评道:"十三个字,只说得一人骑马楼前过。"秦观问苏轼有何新作,苏轼回答:"我也有一首说楼上事的词。"便举出"燕子楼空,佳人何在,空锁楼中燕"。在座的晁无咎赞叹道:"只三句说尽张建封燕子楼一段事。"此词不仅这三句精妙,全篇亦佳。前六句是燕子楼清幽静谧的夜景。"纨如"三句写惊梦,"夜茫茫"三句写寻梦。小园寻梦,则知前六句所写既是梦境,亦是实境,虚虚实实,境界迷离惝恍。过片由寻梦"小园"而思及"故园",并由"倦客"引发感慨:燕子楼空人去可悟人生如梦,但古今又有谁能够从欢怨之情中梦醒呢? 末二句设想后人夜宿黄楼吊我亦如我今日之对燕子楼。燕子楼怀古,前人所作甚多,如白居易就有《燕子楼三首》,苏轼的超绝之处在于,他摆脱了对男女情事的描写,注入了对社会人生的感喟。

辑评

先著云:"野云孤飞,去来无迹",石帚之词也。此词亦当不愧此品目。(《词洁》)

郑文焯云:公以"燕子楼空"三句语秦淮海,殆以示咏古之超宕,贵神情,不贵迹象也。(《大鹤山人词话》)

冯振云:"燕子楼空,佳人何在,空锁楼中燕。"化实为虚,不著迹象。(《诗词杂话》)

唐圭璋云:此首为坡公梦登燕子楼,翌日往寻其地之作。上片,述梦与夜景;下片,述寻其地之感。起三句,写夜深之明月如霜,好风如水,已觉幽绝。"曲港"三句,写月下之鱼跳露泻,更觉万籁无声,非复人世。以坡公之心境澄澈,故能体物微妙如此。"纨如"三句,言梦为鼓声叶声惊醒。"夜茫茫"三句,言惊醒后寻梦无处,故行遍小园以自遣耳。前六句正写小园景象,此六句则追述也。下片,因昨夜之梦,遂思及人生无常,古今如梦。"天涯"三句,自叹为客已久,颇有思归之意。"燕子"三句,则兴登楼之感,人去楼空,亦如一梦。十三字咏古超宕,说尽古今盛衰情事。自与少游"十三个字只说得一个人骑马楼前过",大不相伴。"古今"三句,叹梦觉者少。"异时"两句,设想后人亦会临夜念己。(《唐宋词简释》)

行香子

述 怀

清夜无尘,月色如银。酒斟时、须满十分。浮名浮利,虚苦劳神。叹隙中驹,石中火①,梦中身。

虽抱文章,开口谁亲②。且陶陶、乐尽天真③。几时归去,作个闲人。对一张琴,一壶酒,一溪云。

注释

① 隙中驹、石中火：都是比喻时光飞逝，人生短促，就像快马驰过缝隙、凿石发出火光一般。

② "虽抱"二句：言虽能写经邦治国的文章却没有人赏识。谁亲，犹谁爱。

③ 陶陶：快乐貌。天真：指未受习俗所染的天然性情。

解读

此词所作时间不详。从内容看，表达的是归隐志向，这种志向自作者被贬黄州后逐渐强烈，时不时会从心底冒出。在一个把酒对月的夜晚，已厌倦了官场生活的苏轼，又诉说了这一情怀。词中，作者既感叹人生须臾，亦自伤才不见赏，但他明白，劳神费力地去追逐名利，一切都是徒然，不如早些"归去"，作个闲人，任情自放，享受大自然美景。全词流露出的是近于虚无的情绪，由于这种虚无来自于透彻，所以情感基调又显得明快。关于此词，还有一则趣事。据宋人洪迈《容斋随笔》载，南宋绍兴初，范觉民为相，欲削减朝廷给官员的额外赏赐，发布改革方案让大家讨论。有人不满，便改东坡此词贴于墙上。词云："清要无因，举选艰辛。系书钱、须要十分。浮名浮利，虚苦劳神。叹旅中愁，心中闷，部中身。　　虽抱文章，苦苦推寻。更休说、谁假谁真。不如归去，作个齐民。免一回来，一回讨，一回论。"是时，正伪齐刘豫盗据河南，朝廷恐摇动人心，遂制止讨论施行。由此可以见出东坡此词在当时士大夫中还是很有影响的。

辑评

沈际飞云：天趣浮出，如不经心手。（《草堂诗余续集》）

钱允治云：满腹文章不知，满腹不达时宜。东坡"开口谁亲"句，自供也。（《类选笺释续选草堂诗余》）

陈廷焯云：胸襟洒落，真名士也。（《云韶集》）　又云：看得破，说得透。（《词则·别调集》）

俞陛云云：一气写出，自乐其天，快人快语。放翁、山谷集中，时亦见之。（《宋词选释》）

行香子

丹阳寄述古①

携手江村，梅雪飘裙②。情何限、处处消魂。故人不见③，旧曲重闻。向望湖楼，孤山寺，涌金门④。　　寻常行处，题诗千首。绣罗衫、与拂红尘⑤。别来相忆，知是何人？有湖中月，江边柳，陇头云⑥。

注释

① 丹阳,今属江苏镇江。述古,陈襄,字述古,当时系杭州太守。

② 梅雪飘裙:梅花似雪,洒落在同行歌妓的衣裙上。

③ 故人:作者自指,系作者设想述古怀念自己。

④ "向望湖楼"三句:望湖楼、孤山寺、涌金门皆杭州景观。

⑤ "绣罗衫"句:据吴处厚《青箱杂记》载,典试官寇准与处士魏野同游长安僧舍,各在墙上题诗。后又重游,只见寇准的诗已用碧纱笼护,而魏野的诗布满灰尘。同行的歌妓同情魏野,便用袖子拂去诗墙上的灰尘。魏野吟诗道:"若得常将红袖拂,也应胜似碧纱笼。"这里作者以魏野自比,以示谦抑。

⑥ "有湖中月"三句:用三处风景来回答上句忆"我"之人。陇,这里指孤山。

解读

陈述古任杭州知州时,苏轼为通判,两人既是同僚,又是诗友。熙宁六年(1073)十一月,苏轼去常州、镇江一带赈饥,次年正月过丹阳时作此词寄述古。上片设想友人携歌妓探梅寻春的浪漫情景,他们在望湖楼、孤山寺、涌金门等风景胜地,重闻旧曲,一定会忆想起曾经同游的故人——远在丹阳的我。下片继续从想象落笔,设想友人携歌妓观看寺壁题诗时,歌妓会用红袖拂去我诗壁上的尘埃,友人在旁一边读诗一边思我。思念我的恐怕还有杭州的湖中月,江边柳,陇头云。此词之特色,全在借人映己手法,即将自己肚肠,置对方腹中,通过对方如何思念自己,从而表达自己怀忆友人的感情,全词因此显出灵动,富有情韵。

辑评

卓人月云:前后三句结语自然。(《古今词统》)

行香子

秋 兴

昨夜霜风,先入梧桐。浑无处、回避衰容①。问公何事,不语书空②。但一回醉,一回病,一回慵。

朝来庭下,光阴如箭。似无言、有意伤侬③。都将万事,付与千钟④。任酒花白,眼花乱,烛花红。

注释

① "浑无"句:谓天地间都显示出衰老的容貌。浑,全部。

② 不语书空:不说话,用手指在空中虚画字形。据《晋书·殷浩传》载,殷浩被黜放,口无怨言,但终日书空,作"咄咄怪事"四字而已。后用此典表示胸中愤懑。

③ "似无"句:无言的秋意似乎有意地触动着我的情感。侬,我,

系江浙方言。

④ 付与千钟:交付酒杯,即以酒浇愁之意。

解读

　　秋,在一年四季中处于"暑往则寒来"的流动过程,它预示着万物的衰败凋零。因此,文人们面对自然界百草枯黄、万木叶落的荒凉景象,必定会有所触悟,从而引起对生命的叹忧。这首"秋兴",表达的便是这种悲秋意识。词中描述了两幅"衰容",一是霜风昨夜入梧桐、今朝来庭下的萧瑟冷落;一是词人病后意慵懒、酒后眼花乱的潦倒颓放。"不语书空"的词人,极其敏感地感觉到衰飒的秋意在"有意伤侬",无从解脱之下,索性"都将万事,付与千钟"。钱钟书曾云:"以人当秋则感其事更深,亦人当其事而悲秋逾甚。"(《管锥编》)正可移评此词。

行香子

过七里滩①

　　一叶舟轻,双桨鸿惊。水天清、影湛波平②。鱼翻藻鉴③,鹭点烟汀④。过沙溪急,霜溪冷,月溪明。　　重重似画,曲曲如屏⑤。算当年、虚老严陵⑥。

君臣一梦，今古虚名。但远山长，云山乱，晓山青

注释

① 七里滩：位于今浙江桐庐严陵山西，长七里，故名。

② 湛：水清貌。

③ "鱼翻"句：明澈的水中长满了水草，鱼儿不时地在游动。鉴，铜镜，这里喻水之平滑清澈。

④ 烟汀：烟雾蒙蒙的水边平地。

⑤ "重重"二句：言山势幽美。

⑥ 严陵：即严光，字子陵，少年时与汉光武帝刘秀是同学，后助刘秀打天下。刘秀称帝后，改名隐居。刘秀派人将他召至京师洛阳，授谏议大夫，坚辞不受，归隐于富春江，终日垂钓。江边的严陵、严陵濑便因他而得名。

解读

　　此词系熙宁六年（1073）春苏轼过桐庐七里滩所作。桐庐一带，自古山明水秀，词人以上片写水，下片写山，展示了生机盎然的七里滩风光。不过词人的着意处并非是眼前景，而是前朝事，即借曾隐居于此的汉代严光写怀。"虚老严陵"，对他的隐退似乎有所惋惜遗憾；"今古虚名"，又意识到人生不过是一场虚梦。这一矛盾的心理，正反映出词人当时或仕或隐的内心挣扎。结末"远山长，云山乱，晓山青"三句，从词的意脉上看，是以青山依

旧在落实"今古虚名",但著一"乱"字,又透出词人内心纷杂的思绪。

辑评

沈际飞云:傲世。名也是不必有的,名之误人,去利无几。(《草堂诗余别集》)

菩萨蛮

西湖送述古①

秋风湖上萧萧雨,使君欲去还留住。今日漫留君②,明朝愁杀人。　　佳人千点泪③,洒向长河水④。不用敛双蛾⑤,路人啼更多⑥。

注释

① 述古:即陈襄,字述古,当时因任杭州太守期满而被调往南都(今河南商丘)。词中的"使君"便是指他。

② 漫:徒然。

③ 佳人:美人,这里指官妓。

④ 长河:指钱塘江。

⑤ 敛双蛾:指皱眉。

⑥ "路人"句:这里指老百姓哭送述古离任。

解读

秋雨潇潇,正好留住了欲行的述古。天留人,人亦留人,所以才有西湖之游。人虽留住,毕竟徒然,因为明天使君仍得远行,仍会"愁杀"挽留之人。一个"漫"字,使上片在平叙中有了跌宕回旋。下片的前二句是后二句的铺垫。佳人的尊前之泪,洒向钱塘江或许可作波浪,不过哪比得上百姓为你述古的去任啼下的泪多,如此折进一层,赞赏了述古在杭州的惠政。

菩萨蛮

买田阳羡吾将老①,从来只为溪山好。往来一虚舟②,聊随物外游③。　　有书仍懒著④,水调歌归去⑤。筋力不辞诗,要须风雨时⑥。

注释

① 阳羡:今江苏宜兴,宋时属常州。老,辞官。

② 虚舟:空无所系之舟。语出《庄子·列御寇》:"泛若不系之

舟,虚而遨游者也。"庄子的意思是说,不用智巧的人无所求,饱食而遨游,飘然像无所系的船只,虚心而遨游。

③ 物外:尘世之外。

④ "有书"句:古人看重著书立说,传于后世。

⑤ "水调"句:苏轼在徐州时,曾与弟子由相聚百余日,分手时写了一首《水歌调头》(安石在东海)给子由,词中"以不早退为戒,以退而相从之乐为慰"。

⑥ "筋力"二句:谓目前身体还健,还可以作诗,但须等到与子由团聚时。风雨时,苏辙曾读韦应物诗"安知风雨夜,复此对床眠"而恻然有感,乃与苏轼相约早日辞官,为闲居之乐。

解读

元丰七年(1084)四月,苏轼从黄州调任汝州(今河南临汝)团练副使,他沿长江,过金陵,一路北上。到达泗州时,因举家病重,旅资困乏,上书皇帝求居常州。请求获得了神宗的恩准。此词便是元丰八年(1085)五月到达常州阳羡时所作。苏轼到常州居住,虽然汝州团练副使的官职还在身,但毕竟摆脱了人世的纷扰回归于江湖。词上片的"虚舟"之往来,"物外"之遨游,虽是虚境,却是实写。词下片转到对子由的怀念,因为在水调词中曾有退而相从为乐的约定,所以虽然眼下有诗兴,但要等到与子由对床而眠的风雨之夜再来动笔。不过苏轼的这一愿望并没有实现,只隔一月皇帝便下诏,让他去登州(今山东招远、海阳一带)做太守了。

虞美人

为杭守陈述古作①

　　湖山信是东南美②，一望弥千里③。使君能得几回来，便使尊前醉倒、且徘徊。　　沙河塘里灯初上④，水调谁家唱⑤。夜阑风静欲归时，惟有一江明月、碧琉璃⑥。

注释

① 述古：即陈襄，字述古，时任杭州太守。

② 信是：确实是。

③ 弥：满，遍。

④ 沙河塘：位于杭州城南，宋时为繁华之地。

⑤ 水调：曲调名，相传系隋炀帝所作。

⑥ 碧琉璃：形容水面清澈平滑。

解读

　　熙宁七年（1074）七月，杭州太守陈述古因任期已满，被调往南都（今河南商丘），离任前数日于有美堂设宴，与群僚道别。苏轼时为通判，当席创作了这首《虞美人》。他们聚宴的有美堂位于杭州城南吴山之上，是嘉祐二年（1057）杭州太守梅挚所建。梅挚赴任杭州时，宋仁宗赐诗有"地有吴山美，东南第一州"之句，故以"有美"名堂,欧阳修还为此写过《有美堂记》。词的前二句是有美堂所见胜景,一个"信"字写出了词人观景的感受;一个"弥"字,写出了有美堂居高临下的特点。接下是劝说述古面对如此美好的湖山开怀畅饮,不要辞醉,因为此去一别,不知何时才能旧地重游,句语中流露出惜别的情怀。过片承"徘徊"而来,众人流连景象,欢饮醉歌,不觉已是黄昏,那沙河塘的辉映灯火,水调曲的悠扬乐声,令人不忍离去。结末"夜阑"二句乃想象之景:即使夜深人静扶醉而归,也还能欣赏到那明月映照下的澄澈的钱塘江水。整首词境界开阔,情感明朗,虽作于筵席,却无丝毫应酬意味。

虞美人

　　波声拍枕长淮晓①,隙月窥人小②。无情汴水自东流,只载一船离恨、向西州③。　　竹溪花浦曾同醉④,酒味多于泪。谁教风鉴在尘埃,酝造一场烦恼、送人来⑤。

注释

① 长淮:淮河。

② "隙月"句:人从船篷缝隙中看月,好似月从船篷缝隙中窥人,

142

月和人都显得特别小。

③ 西州：今江苏南京。

④ 竹溪花浦：泛指旧游之地。

⑤ "谁教"二句：意谓谁让我发现了被埋没的你，你的风华才识不被重用，给我增添了无穷无尽的烦恼忧愁。风鉴，风华才识。在尘埃，指风华才识被埋没。

解读

苏轼与秦观有师生之谊。元丰七年（1084）十一月，苏轼从扬州到高邮与秦观相会，离去时，秦观送至淮河边，此词便是与秦观在淮河饮别时所作。上片写舟中情景。波声拍枕，那船中人无寐可知。无寐故而见月，故而觉汴水无情。说汴水无情，自然是人多情。人多情才会产生离恨，这离恨在词人笔下不仅有了数量，还有了重量。下片追忆与秦观的情分。因为同是天涯沦落人，所以在竹溪花浦的同游才会同醉，才会有泪。泪与酒比，以显泪多。埋怨因相识而自添无尽烦恼，反言见意，正可想见两人情谊之深。秦观其时三十七岁，还未获得朝廷的任用，苏轼在写此词的前三个月还曾写信给王安石，向他推荐秦观。秦观因苏轼的举荐而踏入仕途，也因受苏轼的牵连而迭遭贬逐，最后死于赦还途中。苏轼闻知，两日为之不食。

辑评

沈际飞云：酒多于泪，意进一层。（《草堂诗余正集》）

董其昌云:离情无限,故泪多于酒。与"离愁渐远渐无穷,迢迢不断如春水"同意。(《新锓订正评注便读草堂诗余》)

黄苏云:只寻常赠别之作,已写得清新浓厚如此。(《蓼园词评》)

哨　遍

陶渊明赋《归去来》,有其词而无其声。余治东坡①,筑雪堂于上,人俱笑其陋。独鄱阳董毅夫过而悦之②,有卜邻之意③。乃取《归去来》词稍加隐括④,使就声律,以遗毅夫。使家僮歌之,时相从于东坡,释耒而和之⑤,扣牛角而为之节⑥,不亦乐乎!

为米折腰,因酒弃家,口体交相累⑦。归去来,谁不遣君归。觉从前皆非今是。露未晞⑧。征夫指予归路⑨,门前笑语喧童稚⑩。嗟旧菊都荒⑪,新松暗老,吾年今已如此。但小窗容膝闭柴扉⑫,策杖看孤云暮鸿飞。云出无心,鸟倦知还,本非有意。噫!　归去来兮,我今忘我兼忘世。亲戚无浪语⑬,琴书中有真味。步翠麓崎岖,泛溪窈窕⑭,涓涓暗谷流春水。观草木欣荣,幽人自感⑮,吾生行且休矣⑯。

144

念寓形宇内复几时^⑰，不自觉皇皇欲何之^⑱。委吾心、去留谁计^⑲。神仙知在何处？ 富贵非吾志。但知临水登山啸咏，自引壶觞自醉^⑳。此生天命更何疑^㉑，且乘流、遇坎还止^㉒。

注释

① 余治东坡：指在东坡垦荒耕种。

② 鄱阳：今江西波阳东。董毅夫：名钺，曾任职剑南东川。

③ 卜邻：选择邻居，即做邻居的意思。

④ 隐括：根据某种文体原有的内容和词句剪裁、改写成另一种体裁。

⑤ 释耒(lěi垒)：放下农具。耒，翻土的农具。

⑥ 节：节拍，打节拍。

⑦ "口体"句：因口欲而拖累身体，因身体不受委屈而影响到口欲。交相，互相。陶渊明为了有酒喝而离家去做官是因口欲而拖累身体；因不愿身体受委屈(折腰)而弃官是为身体而妨碍口欲。

⑧ 晞(xī希)：干。

⑨ 征夫：指行人。

⑩ "门前"句：言儿童在门前笑语喧哗。

⑪ 嗟(jiē阶)：慨叹。

⑫ 容膝：言居室狭小，仅能容下双膝。

⑬ 浪语：虚伪之语。

⑭ "步翠"二句:行走在崎岖的山道,泛舟于深远的溪水。麓,山脚。窈窕,幽深貌。

⑮ 幽人:隐居的人。这里系作者自指。

⑯ "吾生"句:我这一辈子将要结束。

⑰ 寓形宇内:寄身于天地之间。

⑱ "不自"句:不知不觉、匆匆忙忙地想到哪里去?皇皇,急速貌。

⑲ "委吾心"句:听任我本心的召唤,计较什么去或留。

⑳ 觞(shāng 商):酒杯。

㉑ 天命:天命注定。

㉒ 遇坎还止:意谓随遇而安,顺其自然。

解读

题序交待了此词创作动因:有个叫董毅夫的人,罢官东川,归鄱阳,途经黄州,与我相聚多日,羡慕我在东坡雪堂自得的生活,甚至有了为邻的打算。离去之日,便作此词相送。至于为什么要隐括陶渊明的《归去来辞》,苏轼也交待说,自己向来喜诵此文,常恨其有词而无声,所以微改其词,而不改其意,使就声律。一边躬耕于东坡,一边歌唱此词,不亦乐乎!苏轼之爱陶渊明,在于欣赏他的弃官归隐。在仕途中挫伤累累的苏轼,太需要解脱,"归去来"便是他抚慰心灵的最佳方法,逃避现实的最佳途径。此词主旨即是"归去来",从未归以前之误、去彼来此之急写起,一直写到归来游赏之趣,田园之乐,及家人相聚之欢,最后以随缘自适作结,写得周到而浑成。尽管词意全系出之《归去来辞》，但抒写的是自己的怀抱，与胸中无此境界，徒以隐括为趣不同。可与《江城子》（梦中了了醉中醒）词比读（见本书）。

辑评

张炎云：《哨遍》一曲，隐括《归去来辞》，更是精妙，周、秦诸人所不能到。（《词源》）

杨慎云：《醉翁亭》、《赤壁前后赋》，当时俱隐括为词，俱泊然无味，独东坡《归去词》特胜，不特其音律之谐也。（杨慎评本《草堂诗余》）

董其昌云：坡老心慕渊明，此词故为之隐括，所谓惟豪杰而后识豪杰也，胸中磊落如此。二公盖有无入不自得者，旷世所稀见也。（《新锓订正评注便读草堂诗余》）

李佳云：东坡《哨遍》词，运化《归去来辞》，非有大力量不能，此类后人不易学，亦不必学。强为之，万不能好。（《左庵词话》）

醉落魄

席上呈杨元素①

分携如昨②，人生到处萍飘泊。偶然相聚还离索③，多病多愁，须信从来错。　　尊前一笑休辞却，天涯同是伤沦落。故山犹负平生约^④，西望峨眉，长羡归飞鹤^⑤。

注释

① 杨元素：杨绘，字元素，绵竹人。曾官翰林学士、御史中丞，当时任杭州太守。

② 分携：分手。

③ 离索：离群索居。

④ "故山"句：平生辜负了归隐故山的约定。

⑤ 归飞鹤：古人有化鹤归故乡的传说。

解读

　　熙宁四年（1071），苏轼自请外放，被任命为杭州通判。离开京城时，杨元素曾为其送行。熙宁七年（1074）七月，杨元素也被外迁到杭州做太守，成了苏轼的上司。同年十月，苏轼转任密州太守，杨元素被召回朝廷，两人同行至京口分手，苏轼作此词以送。上片感慨人生。三年前分手情景如在昨天，经过三个月的相聚，又要重复过去的故事，词人由此而醒悟：人生本如浮萍在水，为飘泊而"多病多愁"，一开始便是错误。下片劝慰友人：我与你一样，都是天涯沦落人，都辜负了与故山的约定，在此何必辞却美酒，不妨放怀一笑。全词所表现的是客中送客的黯然情怀，但取境阔大，声调浏亮，故情虽抑郁而不萎靡，构成独特之情味。

醉落魄

苏州阊门留别^①

苍颜华发，故山归计何时决。旧交新贵音书绝^②，惟有佳人，犹作殷勤别。　　离亭欲去歌声咽，潇潇细雨凉吹颊。泪珠不用罗巾浥，弹在罗衣，图得见时说^③。

注释

① 阊门：即苏州城西门。

② 旧交：老朋友。新贵：新做官的朋友。

③ "泪珠"三句：意谓你就让那泪水流落在罗衫上，今后相逢，以此来诉说别后相思。浥(yì意)，湿润，这里作擦拭。

解读

熙宁七年(1074)，苏轼由杭州北上密州任职，途经苏州，苏州太守王诲设宴招待，这是苏轼一年之中第三次过苏州。席上，有个歌女凄然问道："这次离去还会来吗？"苏轼即席写了一首《阮郎归》送她。不几日，长亭送别，苏轼又作此词以赠。上片写岁月蹉跎，双鬓已白，故乡归计时时未决；旧交新贵，音断书绝，佳人对我一往情深。人生之感慨，全寓言外。下片，"离亭"句写佳人因我离去而歌声凄咽，"潇潇"句写自己内心凄苦而任凉风

吹颊。歇拍三句绾合双方,"见时说"给双方未来重逢留下无限
想象空间。

辑评

沈际飞云:止有佳人惜别可悲,既有佳人惜别可慰。墨香犹
喷。(《草堂诗余别集》)

醉落魄

离京口作

轻云微月,二更酒醒船初发。孤城回望苍烟
合①,记得歌时,不记归时节。   巾偏扇坠藤床
滑②,觉来幽梦无人说。此生飘荡何时歇?   家在西
南,长作东南别③。

注释

① 孤城:指京口(今江苏镇江)。

② 藤床滑:醉躺藤床,身子似乎挂不住,所以说藤床滑腻。

③ "家在"二句:作者家在西南的四川,却因在杭州做官,长年奔
  波于东南,故云"东南别"。

解读

苏轼曾自言平生有三不如人,下棋、饮酒、唱曲也。这并非是其过谦,就饮酒而言,他与欧阳修相同,是一个"饮少辄醉"之人。这首词便是抒发一次酒醒后的惆怅情怀。上片写"船初发"将自己从醉梦中惊醒,于是一边打量四周景物,一边回忆醉归情景。云"轻"月"微",传出醉者对景物的感受,"苍烟合"则正是"二更"江景。过片回写酒醒时醉态,只七字,刻画惟妙惟肖。接下"幽梦"表明心有所念,"无人说"见出旅途孤寂。煞尾三句直抒感慨,点实"幽梦"。此词作于熙宁七年(1074),令苏轼始料不及的是,"此生飘荡"这时才刚刚开始。此后将近三十年的时间,一直飘荡到海南岛,并再也没回过家乡。

如梦令

寄黄州杨使君二首①

为向东坡传语②,人在玉堂深处③。别后有谁来?雪压小桥无路。归去,归去,江上一犁春雨④。

注释

① 杨使君:即杨君素,元丰六年(1083)继徐君猷任黄州太守,与被贬黄州的苏轼有长达八个月的交往。

② 东坡:苏轼在黄州所开垦耕种的几十亩地,这里代指东坡父老。传语:带话。

③ 玉堂:即翰林院。苏轼当时在翰林院任职。

④ 一犁春雨:谓雨量适中,正宜春耕。

其 二

手种堂前桃李^①,无限绿阴青子。 帘外百舌儿^②,惊起五更春睡。 居士^③,居士,莫忘小桥流水。

注释

① 堂:指作者当年在东坡所筑的雪堂。

② 百舌儿:鸟名,其鸣声多变,故称"百舌"。

③ 居士:词人自称。在家而信佛,可称居士。

解读

元丰七年(1084)四月,苏轼离开黄州后,几经曲折,终于回到朝廷,并于元祐元年(1086)八月任职翰林院。这两首词作于是年年底,是寄给当时黄州太守杨君素的,表达对居住四年之久的黄州东坡的思念。前一首言自己虽然身处汴京翰林院,却惦记着黄州东坡那块田地,想到此时正当春耕季节,内心有了归耕的念头。后一首先是设想雪堂桃李绿荫一片,结出青果,再是回忆当年鸟儿啼醒睡梦的闲适生活,最后提醒自己不要忘了那里的小桥流水。上首的"归去"与下首的"莫忘"是词旨,欲"归去"而不能,故有"莫忘",由此表明退隐闲居始终是苏轼追逐的一个梦想。

辑评

陈廷焯云:风流跌宕,是名士襟怀,是东坡本色。(《云韶集》)

阳关曲

中秋作

暮云收尽溢清寒①,银汉无声转玉盘②。此生此夜不长好,明月明年何处看。

注释

① 溢:充满。清寒:形容月色如水。
② 银汉:银河。玉盘:指圆月。

解读

熙宁十年(1077)初,苏轼被任命为徐州太守,其弟苏辙于四月陪他同赴徐州任所,过了中秋后方才离开。这是七年来兄弟首度共赏明月。上一年中秋,苏轼思念子由,曾以"人有悲欢离合,月有阴晴圆缺,此事古难全"的旷达疏解情怀;今年的中秋,明月团圆,清辉似泻,与弟共享良辰美景的苏轼在内心则浮起"此生此夜"未必长好之忧,所以结句便由"此夜"推想到"明年",发出明月当在,人却不知何处的怅叹。欢乐中感忧愁,忧愁中能旷达,这就是破解了人生的苏轼。

辑评

刘克庄云:东坡中秋诗云"此生此夜不长好,明月明年何处看",与高适"今年人日空相忆,明年人日知何处"之句暗合。(《后村先生大全集·诗话续集》)

郑文焯云:"不"字律,妙句天成。(《大鹤山人词话》)

阳 关 曲

赠张继愿①

受降城下紫髯郎②,戏马台南旧战场③。恨君不取契丹首④,金甲牙旗归故乡⑤。

注释

① 张继愿:生平不详,据词意当是一位将军。

② 受降城：汉朝与唐朝均有受降城。汉受降城系汉武帝派公孙
　　敖所筑。唐受降城系唐中宗时，张仁愿为防突厥入侵，筑于
　　黄河之北，首尾三座相应，以绝其南寇之路。紫髯郎：本指孙
　　权，这里借指张继愿。据《三国志·吴主传》裴松之注引《献
　　帝春秋》载，魏将张辽问吴降人："向有紫髯将军，长上短下，
　　便马善骑，是谁？"降人回答："是孙会稽。"

③ 戏马台：位于徐州城南，为项羽所筑。自春秋以来，此地一直
　　是用武之地，项羽与刘邦即曾作战于此。

④ 契丹：我国古代北方少数民族，以游牧为主。公元九一六年
　　建契丹国，后改称辽。

⑤ 金甲：将军所穿之甲。牙旗：将军之旗。

解读

　　此词于元丰元年（1078）在徐州作。词系赠张继愿，张是一
位将军，所以开首二句便牵合汉唐史事，将其置于古代英雄豪杰
之列加以赞颂。后二句抒发感叹，对朝中将领不能斩取敌首、凯
旋而归深深失望。北宋当时的处境是，宋神宗对西夏用兵态度
犹豫不决，并于三年前为求保安宁，割地七百里与辽。泱泱大
国，竟然国势衰弱到屈辱求和，这正是词人所"恨"之由。说是
"恨君"，实也是恨己之不能杀敌御虏，恢复汉唐旧疆，实现报国
理想。

阳关曲

答李公择①

济南春好雪初晴,才到龙山马足轻②。使君莫忘霅溪女③,还作阳关肠断声④。

注释

① 李公择:即李常,黄庭坚的舅舅,当时任齐州(治今山东济南)太守。

② 龙山:济南城东七十里有龙山镇。

③ 霅(zhà 炸)溪:位于浙江湖州。李公择任湖州太守时,苏轼曾与之游。

④ 阳关肠断声:言霅溪女不忘公择,依旧在唱令人闻之肠断的《阳关曲》。

解读

熙宁九年(1076)九月,苏轼在密州接到知河中府(今山西永济)的任命,遂于年底登程赴任。除夜途中遇雪而停留潍州(今山东潍坊)。第二年元日,再从潍州出发到济南。在济南,齐州太守李公择以诗相迎,苏轼作诗词多首答之,此词便是其中之一。首句以"好"字赞叹雪后济南春光的美丽,次句以"轻"字点出初到济南心情的愉悦。三四句转写李公择,以湖州歌女旧事调侃好友。全词用笔轻松,情绪欢快,不见宦途飘泊、羁旅行役的愁思。

辑评

俞陛云云:此三首重在音律,入乐府腔,即《小秦王》调。第一首第三句之"此"字、"不"字,必用仄声,第四句"何"字必用平声。三首皆同。以词论,第一首"此生此夜"二句固极达观,二、三首亦各有思致,音节复动宕入古。(《宋词选释》)

减字木兰花

双龙对起,白甲苍髯烟雨里。疏影微香,下有幽人昼梦长①。 湖风清软,双鹊飞来争噪晚②。翠飐红轻,时下凌霄百尺英③。

注释

① 幽人:幽隐之人。这里指僧人清顺。

② 争噪晚:在晚照中争相鸣叫。

③ "翠飐"二句:风摇动着青翠的藤蔓,红色的凌霄花从高高的古松上轻轻地飘落下来。飐(zhǎn 展),风吹物动。

解读

据宋人《本事集》记载,诗僧清顺居西湖藏春坞,门前有两棵古松,各有凌霄花攀绕其上,清顺常昼卧松下。苏轼任官杭州时,一日过其处,只见松风阵阵,花儿飘落,清顺求韵,苏轼为赋此词。词中,苏轼展示了三个特写镜头:一是两棵古松如同白甲苍髯的两条巨龙腾起在西湖烟雨中;一是红色的凌霄花从高高的古松上轻轻地飘落下来;一是有位幽人躺在摇曳的树影下悠闲入梦。这三个特写镜头又被组合在一个湖风清软、鸟语花香的氛围之中。全词既非着意咏物,亦非着意写人,更没有作者自己情感的倾诉,而是借助一个人幽景幽的境界,传达清静寂定、超然物外的禅意。清顺有禅心,苏轼能悟,同是高人。

减字木兰花

立 春

春牛春杖①,无限春风来海上②。便丐春工③,染得桃红似肉红。　　春幡春胜④,一阵春风吹酒醒。不似天涯,卷起杨花似雪花⑤。

注释

① 春牛春杖：古代习俗，立春之日，用木杖鞭打土牛，以示劝耕之意。春牛，即土牛。春杖，指耕人所持的木杖。

② 来海上：儋州地处海岛，故云。

③ 丐：乞求。春工：谓春天似化育万物的工匠。

④ 春幡春胜：均为古代迎春习俗，即将绢、纸等物制成小彩旗或饰品戴在头上。

⑤ "不似"二句：海南地暖，立春日便已杨花飞舞，漫天飞舞的杨花如下雪一般，令人觉得不是地处天涯。

解读

此词作于苏轼被贬海南的第二个立春日。当时的海南荒僻异常，非人所居。苏轼曾在与友人的信中写道："此间食无肉，病无药，居无室，出无友，冬无炭，夏无寒泉。"不过，随遇而安、坦然自处的苏轼很快便适应了当地生活。这首词便是以审美眼光，赞美海南之春大好风景。"春牛春杖"、"春幡春胜"都是立春习俗，人们还在迎春，海上吹拂而来的春风，已"染得桃红似肉红"、"卷起杨花似雪花"。"不似天涯"一句，若从"此心安处是吾乡"的角度去理解，会有更多回味。词中同字的出现，由于按照一定的对称规律，便形成一种共同语势，不仅有力地强化了全词欢快的基调，亦给全词带来环叠不尽的艺术效果。

浣溪沙

游蕲水清泉寺[1],寺临兰溪,溪水西流。

山下兰芽短浸溪,松间沙路净无泥,萧萧暮雨子规啼[2]。　　谁道人生无再少,门前流水尚能西,休将白发唱黄鸡[3]。

注释

[1] 蕲水:位于黄州东,即今湖北浠水县。

[2] 子规:杜鹃鸟。

[3] "休将"句:意谓不要悲叹年华流走。白居易《醉歌示妓人商玲珑》诗:"黄鸡催晓丑时鸣,白日催年酉时没。腰间红绶系未稳,镜里朱颜看已失。"白居易感叹青春易逝,苏轼是反用其意。

解读

　　元丰五年(1082),处于贬谪之中的苏轼因前往离黄州三十里的沙湖购田,患上疾病,便去浠水麻桥的聋医庞安常处求疗。病愈后,与之同游清泉寺,并写下此词。上片绘景。兰芽浸溪,沙路无泥,潇潇暮雨中不时传来杜鹃的啼叫声,这一幅清新明朗的景象,正反映出词人病愈后的喜悦之情。下片议论。面对西流的兰溪,词人感悟到世上的一切事情都有可能发生,青春也可以再来,何必要自伤衰老呢? 整首词表现出作者在逆境中积极乐观的人生态度。

辑评

先著云:坡公韵高,故浅浅语亦觉不凡。(《词洁》)

陈廷焯云:东坡《浣溪沙》云:"谁道人生难再少,君看流水尚能西。休将白发唱黄鸡。"愈悲郁,愈豪放,愈忠厚,令我神往。(《白雨斋词话》)

浣溪沙

十二月二日,雨后微雪,太守徐君猷携酒见过①,坐上作《浣溪沙》三首。明日酒醒,雪大作,又作二首。

覆块青青麦未苏②,江南云叶暗随车③,临皋烟景世间无④。　　雨脚半收檐断线,雪床初下瓦跳珠⑤,归来冰颗乱粘须。

注释

① 徐君猷:徐大受,字君猷,时任黄州太守。见过:来访。

② "覆块"句:青青的麦苗覆盖着田垄,还没到发芽的时候。

③ "江南"句:言南来的雨云如叶,悄悄地随伴着车轮。

④ 临皋:位于黄州长江边,苏轼所居之地。

⑤ 雪床:当时俚语,即雪珠。

其　　二

醉梦昏昏晓未苏,门前辘辘使君车①,扶头一盏怎生无②。　　废圃寒蔬挑翠羽③,小槽春酒滴真珠④,清香细细嚼梅须⑤。

注释

① 辘(lù鹿)辘:车轮的转动声。

② 扶头:即扶头酒,系易醉之酒。怎生无:怎么可以没有。

③ "废圃"句:从自家破旧菜园里挑选新鲜的蔬菜下酒。翠羽,这里指绿色的蔬菜。

④ "小槽"句:化用李贺《将进酒》诗"小槽酒滴珍珠红"。小槽,盛酒器。真珠,形容酒滴晶莹。

⑤ 梅须:梅花之蕊。

其　　五

万顷风涛不记苏①,雪晴江上麦千车,但令人饱我愁无。　　翠袖倚风萦柳絮②,绛唇得酒烂樱珠③,尊前呵手镊霜须④。

注释

① "万顷"句：据说苏轼在苏州有田产，当年被风灾所毁。不记
  苏谓不念苏州的田地。

② 翠袖：这里代指歌女。柳絮：这里代指雪花。

③ 绛：红色。烂樱珠：言歌女的红唇鲜艳得像樱桃。

④ 镊(niè 聂)霜须：拔取白色的胡须。

解读

　　元丰五年(1082)十二月二日，雨后微雪，黄州太守徐君猷携
酒来到临皋探望苏轼。苏轼当日于席上作词三首，第二天酒醒，
见雪大作，又作词二首。五词用韵相同，这里选录的是一、二、
五首。

　　第一首写出门迎客，上片状临皋冬景。"暗随车"点出太守
前来，"世间无"强调景色之美。下片摹雨雪变化。"檐断线"、
"瓦跳珠"描写生动，"冰颗乱粘须"绾合人雪，颇有情趣。

　　第二首写主客对饮。使君来访，虽宿醉未醒，依然呼朋痛
饮，主客情谊之深厚可想；一方端出翠绿寒蔬招待来客，一方拿
出小槽春酒与友共享，双方心境之轻松可感。末句的品酒尝梅，
颇显稚怀。

　　末首写酒后所感。不介意己之田地荡尽，而希望瑞雪能兆
丰年，由雪而引出对百姓的关切，展示了词人的精神境界。下片
回叙昨日酒筵情景，彩袖绛唇与呵手镊须两个形象的对比，见出

词人超然的心态。

　　三词均以"雪"为背景,虽不脱雅士的情怀,但更多的是平民的感情。从眼下"麦未苏"的观察到明年"麦千车"期待,从"醉梦昏昏晓未苏"的颓放到"但令人饱我愁无"的襟怀,使这些作品不仅具有浓厚的生活气息,更见出词人与民同忧乐的思想情操,这也正是苏轼同时代词人作品中所缺乏的内涵。从艺术上看,因为是次韵之作,难免就有凑韵的毛病,如将梅蕊说成"梅须",将樱桃说成"樱珠"等等,生硬的用词影响到人们的理解。

浣溪沙

咏　橘

　　菊暗荷枯一夜霜①,新苞绿叶照林光②,竹篱茅舍出青黄③。　　香雾噀人惊半破④,清泉流齿怯初尝⑤,吴姬三日手犹香⑥。

注释

① 菊暗荷枯:橘子熟时,菊花已残,荷叶已枯。

② 新苞:指新结出的果实。

③ 青黄:橘实初青,既熟则黄。

④ 香雾噀(xùn 熏)人：言剥开橘皮，清香气味扑人。噀，喷出。

⑤ 清泉流齿：言橘子放入口中，橘汁如清泉一般流过齿间。怯：
　　害怕橘汁的凉冷与酸味。

⑥ 吴姬：吴地的美女。

解读

　　此词纯为咏物。上片借菊暗荷枯，反衬橘在经霜之后，叶更
绿，色渐黄。"竹篱茅舍"，显其朴实。下片借美人初尝新橘，写
橘汁之美与橘香之浓。一"惊"一"怯"，美人尝橘神情全出。全
词妙于形似之外，而非遗其形似；不窘于题，而又不失其题，深得
遗貌取神之法。

辑评

　　俞陛云云：此作纯用赋体，描写确肖。（《宋词选释》）

浣溪沙

　　徐门石潭谢雨①，道上作五首。

　　照日深红暖见鱼②，连溪绿暗晚藏乌③，黄童白
叟聚睢盱④。　　麋鹿逢人虽未惯⑤，猿猱闻鼓不须

呼⑥，归家说与采桑姑。

注释

① 徐门：徐州。石潭：位于徐州城东二十里，与泗水相通。谢雨：设祭以答谢雨神。

② "照日"句：谓阳光照入潭水中形成深红色，潭水暖暖的，还能见到鱼儿在游。

③ "连溪"句：潭四周树木浓密可藏乌鸦。

④ 黄童白叟：儿童与老人。睢盱（suī xū 虽虚）：喜悦貌。

⑤ 麋鹿：鹿类动物。

⑥ 猱（náo 挠）：猿类动物。

其　二

旋抹红妆看使君①，三三五五棘篱门，相挨踏破蒨罗裙②。　老幼扶携收麦社③，乌鸢翔舞赛神村④，道逢醉叟卧黄昏。

注释

① 旋抹红妆：急急忙忙地抹好脂粉。使君：对州郡长官的称谓。这里指时任徐州太守的作者。

② 蒨（qiàn 欠）罗裙：即红罗裙。

③ "老幼"句：言男女老少来到土地祠祈祷小麦丰收。社，祭土

166

地神的地方。

④ “乌鸢(yuān 渊)”句：村里于社日举办迎神赛会，乌鸦和老鹰时时在空中盘旋，想吃陈列的祭品。鸢，老鹰。

其　三

麻叶层层苘叶光[①]，谁家煮茧一村香[②]，隔篱娇语络丝娘[③]。　垂白杖藜抬醉眼[④]，捋青捣麨软饥肠[⑤]，问言豆叶几时黄。

注释

① 苘(qǐng 请)：俗称青麻，可制麻袋、绳索等。

② 煮茧：煮蚕茧，也即是缫(sāo 骚)丝。

③ 络丝娘：一种鸣叫如纺织声的昆虫。这里指缫丝女子。

④ 垂白：须发将白。杖藜：拄着藜茎做的拐杖。醉眼：双眼昏花迷离似醉。

⑤ 捋(luō 啰)青：捋取青嫩的新麦。捣麨(chǎo 吵)：把捋取的新麦炒熟，捣碎成粉。麨，炒熟的麦粉。软饥肠：即充饥。

其　四

簌簌衣巾落枣花[①]，村南村北响缫车[②]，牛衣古柳卖黄瓜[③]。　酒困路长惟欲睡，日高人渴漫思茶[④]，敲门试问野人家。

注释

① "籁（sù 速）籁"句：枣花纷纷落在衣巾上。籁籁，纷纷落下貌。

② 缲车：用于抽取茧丝的工具。

③ 牛衣：用乱麻或稻草编织而成，给牛御寒。这里形容卖瓜人的衣服简陋。

④ 漫思茶：想随意地找杯水喝。

其　　五

软草平莎过雨新①，轻沙走马路无尘，何时收拾耦耕身②。　　日暖桑麻光似泼③，风来蒿艾气如薰④，使君元是此中人⑤。

注释

① 莎（suō 梭）：莎草，多年生草本植物。

② 耦耕身：指归田隐居。耦耕，两人共挽一犁而耕。

③ 光似泼：形容桑麻叶在日光下似泼了水一样明亮。

④ 薰：一种香草，这里是香气的意思。

⑤ 使君：作者自谓。元是：原是。

解读

元丰元年（1078）春，徐州发生旱情，作为地方官的苏轼遵照旧例，往郊外石潭为民求雨。雨降后，又按照民间习俗前去谢雨。这一组《浣溪沙》词就是作于谢雨途中。

第一首写谢雨仪式的现场。上片先写石潭,再写石潭四周景色,再写村民欢快地前来围观谢雨的仪式。下片写谢雨现场村民的神态。麋鹿喻老实木讷的农人,初见太守他们不免"未惯";猿猱喻顽皮活泼的儿童,锣鼓一响他们飞奔而到。"归来"句反映出祭神盛会的热闹场面。

第二首接上一首"采桑姑"而来,先写这些采桑姑挤在篱笆门外争观途经本地的太守,再写太守所见村民们所举行的祭祀土地神、举行迎神赛会的热烈气氛,最后以道逢醉叟的特写,反映村民们得雨后的喜悦心情。

第三首写农事。村外的层层麻叶因雨的滋润而泛着光泽,村内处处飘散着煮茧的清香,不时能听到篱笆边传来缫丝女子悦耳的谈笑声。不过作为太守,当他看到一位老翁正捋取新麦准备捣成麦粉以果腹,意识到现在正是青黄不接的时候,便关切地询问:豆类作物何时能熟?

第四首展示乡村的生活画面。上片描绘三幅景象:簌簌枣花飘落于行人衣巾,家家户户传出轧轧的缫车声,身着粗布衣的老汉在古柳下叫卖黄瓜。下片转到自身,酒困路长,日高口干,便随意地敲开一户农家讨茶解渴。

第五首写回府路上所见所感。上片以草软沙轻、路不扬尘写雨后景物的清新,发出何时收身官场、归耕田园的感慨。下片以桑麻油绿、遍地飘香写田园风光的美丽,由此醒悟自己原来就是此中之人。

以上五首词都是以农村生活为题材，读这些作品，一股自然清新的乡村气息扑面而来，给人以耳目一新之感。其中的人物不再是过去的渔父、莲娃，而是卖瓜人、采桑姑；其中的场景不再是过去的闺房绣户、小园香径，而是棘篱门、古杨柳，即使闻到的香味也不再是龙涎香、兰花香，而是枣花香、缫丝香。可以说作者真正将词从一个狭小的圈子拉到了宽广的社会生活中，为词开辟了一块崭新的疆域。南宋辛弃疾的农村词显然是受到苏轼这些作品的影响。值得一提的是，在这一组节奏明快、情调欢畅、风格朴实、充满浓厚乡趣的作品中，也展示了苏轼那为民忧喜、洒脱旷放的平民形象。

辑评

　　刘永济云：此五词乃东坡为徐州太守因谢雨写途中所见农村景象。凡劳动人民生活各方面均写到，如收麦、赛神、缫丝、煮茧、捣麨、卖瓜等事，皆带有雨后人民喜悦与农作物欣欣向荣之意。凡农村景物，如池鱼、树鸟、枣花、桑、麻、蒿、艾等，皆带有雨后日出，非常鲜洁色彩。而农家妇女争看太守下乡，太守口渴，敲门求饮等事，又将官民一片融洽之情，轻轻写出。第五首更将太守本来自田间一层意思点明作结，尤见有一体相关之意。细读之，觉此时东坡但有与民同乐之感想，而无丝毫以官长自居之态度。古语有"民吾同胞，物吾同与"之说，此五词颇具此意味。词至东坡手中，已不可目为"诗余"矣。（《唐五代两宋词简析》）

浣溪沙

春 情

道字娇讹苦未成①，未应春阁梦多情，朝来何事绿鬟倾②。　　彩索身轻长趁燕③，红窗睡重不闻莺④，困人天气近清明。

注释

① "道字"句：讲话时还带有娇滴滴的声音，令人听来感到吐字不清，恐怕是她还未成年吧。道字，发音。讹，错误，这里指咬字不准。

② "未应"二句：未成年的她应该不会在闺阁中做多情的梦，可为何早晨起床头发如此散乱呢？未应，未必会。

③ 彩索：这里指秋千。趁：逐，追赶。

④ 睡重：熟睡。

解读

　　苏轼既能写关西大汉执铜琶铁板唱的豪放词，也能写十七八女郎执红牙拍板唱的婉约词，此词便属于后一类。作品写的是一位少女，她说话娇柔，无忧无虑，起床后不事打扮，荡秋千轻如飞燕，春困午睡，迟迟不醒。整首词用笔轻松风趣，活现一个未解风情、天真烂漫的少女形象。所以贺裳说，这样的婉约之作绝不在柳永之下。

辑评

卓人月云：首句欲生，结句太俗。（《古今词统》）

贺裳云：苏子瞻有铜琶铁板之讥，然其《浣溪沙》（春闺）曰："彩索身轻长趁燕，红窗睡重不闻莺。"如此风调，令十七八女郎歌之，岂在"晓风残月"之下。（《皱水轩词筌》）

浣溪沙

春 情

风压轻云贴水飞，乍晴池馆燕争泥[①]，沈郎多病不胜衣[②]。 沙上不闻鸿雁信[③]，竹间时听鹧鸪啼[④]，此情惟有落花知。

注释

① 燕争泥：燕子趁着天晴衔泥筑巢。

② 沈郎：即沈约，字休文，南朝梁人。他在《与徐勉书》中说："百日数旬，革带常应移孔。"意思是说因多病而腰围消瘦。后遂以"沈腰"作多病的代称。不胜衣：形容消瘦无力，连衣服的

浣溪沙　苏　轼

风压轻云贴水飞，乍晴池馆燕争泥，沈郎多病不胜衣。
沙上不闻鸿雁信，竹间时听鹧鸪啼，此情惟有落花知。

——明刊本《诗余画谱》

重量都难以承受。

③ 鸿雁信：古人有鸿雁传书的说法。

④ 鹧鸪啼：鹧鸪鸟的叫声像"行不得也哥哥"，所以在外的游子
听到鹧鸪的叫声会感到凄凉。

解读

　　首二句是眼前春景。"压"、"贴"、"飞"三动词连贯而下，状
物如在目前。燕之趁晴而"争泥"，刻画传神入妙。"沈郎"句言
自己病后消瘦，弱不胜衣，感情迭进一层。过片以"不闻"、"时
听"对举，透出情感之困顿，而唯有花知此情，则无人领略之悲凉
又曲曲传出。沈际飞说此词"味远"，乃在于此词颇耐寻味。黄
苏之评，可备一说。

辑评

　　杨慎云：自与人知不得。（杨慎评本《草堂诗余》）

　　李廷机云：古诗云："乍晴乍雨花自落，闲愁闲闷日偏长。"可
以为此评。（《新刻注释草堂诗余评林》）

　　黄苏云：此作其在被谪时乎？首尾自喻，"燕争泥"，喻别人
得意；"沈郎"，自比；"未闻鸿雁"，无佳信息也；"鹧鸪啼"，声凄切
也。通首婉恻。（《蓼园词评》）

浣溪沙

元丰七年十二月二十四日,从泗州刘倩叔游南山①。

细雨斜风作晓寒,淡烟疏柳媚晴滩②,入淮清洛渐漫漫③。　　雪沫乳花浮午盏④,蓼茸蒿笋试春盘⑤,人间有味是清欢。

注释

① 泗州:今江苏盱眙一带。刘倩叔:生平不详。
② 媚晴滩:使得初晴后的十里滩更显得娇媚。
③ 洛:洛河,源出安徽合肥,流入淮河。漫漫:水势浩渺。
④ 雪沫乳花:指新沏的茶水上浮起的白泡。盏:茶杯。
⑤ 蓼:一种野菜。茸:嫩芽。蒿笋:即莴苣笋。春盘:古人立春时用蔬菜、水果等装盘送人,表示迎新之意。此时尚未立春,故曰"试春盘"。

解读

苏轼从黄州去汝州(今河南临汝)任团练副使的路途中,于泗州小住,于是便有了与泗州刘倩叔的南山之游。上片是南山所见,一个色彩明朗的"媚"字,已透出观景人之内心情感。下片写野餐之乐。一盏清茶,一盘春蔬,词人忽然有了感悟:人生有味是清欢。整首词从"细雨斜风"写到"晴滩",从"晓寒"说到"午盏"，笔触轻淡，感情自在，恐怕只有苏轼这样个性旷达、热爱生活的人才会享受到如此的清欢。

青玉案

和贺方回韵，送伯固归吴中故居①。

三年枕上吴中路②，遣黄耳、随君去③。若到松江呼小渡④，莫惊鸥鹭，四桥尽是⑤，老子经行处⑥。

辋川图上看春暮，常记高人右丞句⑦。作个归期天已许⑧，春衫犹是，小蛮针线，曾湿西湖雨⑨。

注释

① 贺方回：贺铸，字方回，北宋著名词人。伯固：苏坚，字伯固，曾任杭州盐税官。吴中：今苏州吴县。

② "三年"句：苏轼于元祐四年（1089）至元祐六年（1091）任杭州太守期间，苏坚是其属下。这近三年的时间苏坚一直没有回过家乡。

③ "遣黄耳"句：晋陆机有犬名黄耳，陆机在洛阳，此犬能为其在洛阳与家乡松江之间传递书信。这里是希望苏坚归去后能常通音书。

④ 呼小渡：呼船摆渡。

⑤ 四桥：位于苏州，系景观之地。

⑥ 老子：宋人年老者自称"老子"。

⑦ "辋川"二句：唐代诗人王维官尚书右丞，有别墅在辋川，曾于蓝田清凉寺壁上绘《辋川图》。

⑧ "作个"句：言伯固得遂心愿归吴中就如天许一般。

⑨ "春衫"三句：意谓你在杭三年穿着爱姬所制春衣独游西湖，如今你身着这件印有西湖雨痕的春衣就将与爱姬在吴中相聚。小蛮，唐代诗人白居易家妓，此处借指苏伯固的爱姬。

解读

　　此词作于元祐七年（1092），是苏轼在扬州为送别苏伯固回苏州老家而作。全词用的是贺铸《青玉案》词韵，贺铸因此词中有"一川烟草，满城风絮，梅子黄时雨"佳句而被时人呼为"贺梅子"。而苏轼的这首依韵之作也获很高评价，陈廷焯曾誉之为"风流自赏，气骨高绝"（《云韶集》）。首句写行者的思乡之情，次句写送者的期望之意，"若到"四句借叮嘱行者切莫惊动我那旧游之地的鸥鹭，赞颂对方家乡的美丽可爱。"辋川"以下是设想行者得遂心愿归吴中的生活情景，一是吟诗作画犹如王维之在辋川，二是可与缝制春衣的爱姬日日相聚。此词有两点值得一提。一是用典冷僻，如上片的"遣黄耳、随君去"，意思不过是"鸿雁传书"、"飞鸟传信"，但词人却从《晋书·陆机传》中挖出一个黄耳犬的典故来用上，这就露出了以才学为词的苗头。二是写情高绝。如下片的"春衫"三句，其中所含蕴的情感当是缠绵，但词人以清丽的画面来展示，一改前人每涉男女之情便陷艳俗的弊病。意艳而语清，正是苏轼的独绝处，所以况周颐叹为天仙化人之笔。

辑评

　　况周颐云：东坡词《青玉案·用贺方回韵送伯固归吴中》歇拍云："作个归期天应许。春衫犹是，小蛮针线，曾湿西湖雨。"上三句未为甚艳。"曾湿西湖雨"是清语，非艳语。与上三句相连属，遂成奇艳、绝艳，令人爱不忍释。坡公天仙化人，此等词犹为非其至者，后学已未易模仿其万一。（《蕙风词话》）

　　俞陛云云：因送友归吴，忆及松江四桥，并忆及西湖，重抚春衫，联想及小蛮针线，盖因西湖陈迹，常在念中，故触处兴怀，结句尤蕴藉多情。（《宋词选释》）

　　唐圭璋云：起句"三年枕上吴中路"，"三年"，正伯固从公之时。"黄犬"句，用陆机黄犬传书事，望其归去，常通音书也。"若到"数句，羡其得归旧游之处，日日徜徉也。换头，言吴中风物之美如辋川，而伯固之诗亦如右丞。"作个"数句，奇境别开，盖因伯固之归，而叹己之不得归。但就"小蛮针线"上，显出宦游天涯之可哀，而己之欲归之情，亦倍见迫切。况蕙风云："'曾湿西湖雨'，是清语，非艳语。与上三句相连属，遂成奇艳、绝艳，令人爱不忍释。"观况氏所论，可知坡公天才吐露，往往馨逸，非后人所可效也。（《唐宋词简释》）

江城子

前瞻马耳九仙山^①，碧连天，晚云闲。城上高台，真个是超然^②。莫使匆匆云雨散，今夜里，月婵娟^③。　　小溪鸥鹭静联拳^④，去翩翩，轻点烟。人事凄凉，回首便他年^⑤。莫忘使君歌笑处^⑥，垂柳下，矮槐前。

注释

① 马耳:即马耳山,山高百丈,上有二石并列,远望如马耳,故名,位于密州(今山东诸城)西南六十里。九仙山:山势高耸,有九峰,传说有仙人居住,故名,位于密州西南九十里。

② 超然:即超然台,位于密州北城上。

③ 月婵娟:月色美好。

④ 联拳:群聚貌。

⑤ "回首"句:谓转眼间便成为过去。

⑥ 使君:太守。这里系作者自指。

解读

作于熙宁九年(1076)十月。此时词人已获悉将由密州移任河中府(今山西永济),于是借登临超然台,抒发伤别情怀。起首三句为远山景色。"城上"二句,一语双关,既点明登台,又表达登临感受。以下祈使明月不要像云雨一样匆匆散去,透露留恋之意。过片以鸥鹭飞去联想到倏忽变化之人事,发出时光难驻之感慨。"回首便他年",语虽直率,情自抑郁,蕴含普遍性之人生体验。歇拍从今夕宕开,寄语密州友朋明日念我,笔意空灵,最富含蕴。

江城子

墨云拖雨过西楼,水东流,晚烟收。柳外残阳,回照动帘钩。今夜巫山真个好①,花未落,酒新篘②。 美人微笑转星眸,月华羞③,捧金瓯④。歌扇萦风,吹散一春愁。试问江南诸伴侣⑤,谁似我,醉扬州。

注释

① 巫山:宋玉的《高唐赋》中有楚王与巫山神女欢会的描写,后"巫山"被用为男女幽会的典故。这里指美女。

② 新篘(chōu 抽):指新滤的酒。篘,竹制的滤酒器。

③ 月华羞:谓女子的美貌使得月亮感到羞愧。

④ 金瓯:盛酒器。

解读

苏轼曾十过扬州,还曾在扬州做了半年的太守。此词究竟是哪一年在扬州所作,已无确切史料,但一般认定作于元祐七年(1092)由颖州知扬州府的时候。扬州历来是风流之地,对苏轼来说,处在这样的环境里,多少也会流露出名士风流的一面来。词上片的鲜花簇拥,佳丽陪伴,新酒助兴;词下片的美人劝酒,曼舞轻歌,无人比醉,让我们看到了作者陶情风月的狂放。配合着这种情怀,全词节奏明快,笔调流畅,别具一种顾盼生姿的风致。

点绛唇

红杏飘香,柳含烟翠拖轻缕①。水边朱户,尽卷黄昏雨。 烛影摇风,一枕伤春绪。归不去②,凤楼何处③,芳草迷归路。

注释

① 拖轻缕:垂着轻柔的丝缕。

② 归不去:因客居他乡而不能归去。

③ 凤楼:女子的居处。

解读

　　主旨是伤春念远。上片忆往。红杏翠柳是眼前春色,雨中小楼为当日情事。"朱户"暗示伊人身份,亦显温馨。下片思人。卧对残烛,伤春伤别。明知"归不去",仍然"迷归路",到底不能忘情。词人所念,果非有其人,当是暮春出游忽然触动身世之感,故虽写男女相思离别间阻之恨,而广泛之人生体验已渗透其中。

辑评

　　沈际飞云:有态。(《草堂诗余正集》)

　　李廷机云:暮春景物最是愁人,此作得之矣。(《新刻注释草堂诗余评林》)

满庭芳

　　余谪居黄州五年,将赴临汝,作《满庭芳》一篇别黄人。既至南都,蒙恩放归阳羡,复作一篇①。

　　归去来兮,清溪无底,上有千仞嵯峨②。画楼东畔，天远夕阳多③。老去君恩未报，空回首、弹铗悲歌④。船头转，长风万里，归马驻平坡⑤。　　无何⑥，何处有，银潢尽处⑦，天女停梭⑧。问何事人间，久戏风波⑨？顾谓同来稚子⑩，应烂汝、腰下长柯⑪。青衫破，群仙笑我，千缕挂烟蓑⑫。

注释

① 临汝：今属河南。南都：今河南商丘。阳羡：今江苏宜兴，当时属常州。

② 仞(rèn 认)：古人以七尺或八尺为一仞。嵯(cuó)峨：山势高峻貌。常州并无高山，"千仞嵯峨"系夸张说法。

③ "天远"句：既是写景，亦暗喻晚年多蒙皇恩，让自己回到阳羡。

④ 弹铗悲歌：用冯谖客孟尝君事。据《战国策·齐策》记载，冯谖为孟尝君门客时，曾弹铗唱歌，诉说自己待遇不好。这里指自己向皇上乞归常州。铗(jiá 颊)，剑。

⑤ "归马"句：谓船行快疾如骏马在平坡驰骋。驻，系"注"字之误，这里是顺势而下的意思，形容马奔之快。

⑥ 无何：即无何有之乡，语出《庄子·逍遥游》。这里指虚幻的世界。

⑦ 银潢：即银河。

⑧ 天女：即织女星。

⑨ 风波：指官场的钩心斗角。

⑩ 同来稚子：指幼子苏过，当时十四岁。

⑪ "应烂汝"句：据南朝梁任昉《述异记》载，晋时王质入山伐木，见童子下棋，便观看。起身后，斧柯已烂，回到家，同时代的人都不在了。这里借用来说明世事变化之速。

⑫ "青衫破"三句：谓群仙嘲笑我身上穿的破旧衣衫就如人们烟雨中披着的蓑衣。这实际是对已往仕宦生活的自嘲。

解读

苏轼离开黄州赴任汝州之际，曾写过一首《满庭芳》（见本书），以告别邻居与友人。在赴任途中到达南都（今河南商丘）时，皇帝准允他到常州居住。苏轼满怀兴奋，又写下这首《满庭芳》。上片先是点出"归去"题旨，再是想象常州的山水美景，然后感激皇上准我归去，并为自己年老而无以回报惭愧。想到凤愿即将实现，立马转回船头，乘风疾行犹如骏马奔驰。下片想象自己来到银河尽处的无何有之乡，借停梭仙女之口道出官场风波的险恶及世事变幻的快速，最后以群仙笑我破旧衣衫如披蓑衣作结。从词中可以看出，词人归隐的情怀出自于仕途坎坷，坎坷的处境仍不忘思君报君，所以他在表达"归去"的喜悦中，又透露出"老去"的无奈。全词情致高健，运思奇特，挥洒中自有整饬，颇显苏词特色。

辑评

刘熙载云：词以不犯本位为高。东坡《满庭芳》"老去君恩未报,空回首、弹铗悲歌",语诚慷慨,然不若《水调歌头》"我欲乘风归去,又恐琼楼玉宇,高处不胜寒",尤觉空灵蕴藉。(《艺概》)

俞陛云云:寓江湖魏阙之思。(《宋词选释》)

南乡子

宿州上元①

千骑试春游②,小雨如酥落便收③。能使江东归老客,迟留④,白酒无声滑泻油⑤。　　飞火乱星球⑥,浅黛横波翠欲流⑦。不似白云乡外冷,温柔⑧,此去淮南第一州⑨。

注释

① 宿州:今安徽宿县。上元:即元宵节。

② 千骑:极言人马之多。试:初始,尝试。

③ 酥:酥油。韩愈《早春呈水部张十八员外》诗:"天街小雨润如酥,草色遥看近却无。"

④ 迟留:停留,逗留。

⑤ "白酒"句:好的白酒喝时不刺激喉咙口,如油一般滑下食管,没有感觉。

⑥ 飞火、星球：指烟火、礼炮。

⑦ "浅黛"句：描绘宿州观灯女子。浅黛指画眉，横波即眼波，翠欲流形容衣着打扮色彩鲜明。翠，系蜀语，犹言鲜明。苏轼《和述古冬日牡丹》诗："一朵妖红翠欲流。"

⑧ "不似"二句：言此处温馨可人，胜似仙乡。白云乡，犹云仙乡，这里指朝廷。《庄子·天地》："乘彼白云，至于帝乡。"

⑨ 淮南第一州：宋朝时自淮以南分东西两路，淮南东路有十州，宿州系其中之一。

解读

元丰七年（1084）四月，苏轼离开黄州赴任汝州（今河南临汝），因行途遥远，再加上拖家带口，览景访友，于当年年底才来到泗州。在泗州，因举家病重，资用罄竭，只得上表请求辞官回置有田产的常州居住。皇帝是否批准需要些时日，所以他还得继续上路，于第二年元月抵达宿州。此词便是在宿州元宵节时所作。上片首言游人之多，次言气候之佳，再以"归老客"之"迟留"写出春游的快意，然后补出迟留的另一个原因——这里还有美酒。过片描写元宵夜景及观灯美人，接着以"温柔"表达身处其境的感受，末句点明所游之地乃是宿州。或许是已经上表辞官，心里轻松了许多，鱼鸟之性，终将安于江湖，所以全词充溢了一股欣慰喜悦之情。

行香子

与泗守过南山晚归作①

北望平川②，野水荒湾，共寻春、飞步屻颜③。和风弄袖，香雾萦髻④。正酒酣时，人语笑，白云间。　飞鸿落照，相将归去⑤，澹娟娟、玉宇清闲⑥。何人无事，宴坐空山⑦。望长桥上，灯火乱，使君还⑧。

注释

① 泗守：指泗州太守刘士彦。

② 平川：平原。

③ 屻（chán 缠）颜：同巉岩，高峻的山。

④ 香雾萦髻：香雾环绕着歌女的发髻。杜甫《月夜》诗："香雾云鬟湿，清辉玉臂寒。"

⑤ 相将：相与。

⑥ 澹娟娟：月光恬静美好的样子。玉宇：传说中天帝的居所。这里指天空。

⑦ 宴坐：闲坐，安坐。

⑧ 使君：指泗守刘士彦。

解读

苏轼于元丰七年（1084）十二月二十四日与泗州刘倩叔一

起游南山,并写下《浣溪沙》(细雨斜风作晓寒)一词(见本书),本词则是记与泗州太守刘士彦的南山之游。尽管相隔没几天,但完全是另一番情景。上片写游山。"平川"、"野水"、"荒湾"都是登高所见,"飞步"言寻春兴致之浓。既有此景此情,再加和风拂袖,佳人美酒,那欢声笑语自然直上云霄。下片写归去。在"飞鸿"、"落照"的相伴下踏上归途,在澄清宁静的夜月中缓缓行进,写晚归之景如画。结末设想高人闲坐山中,下望长桥灯火,随后点出同游泗守,用笔高妙,故被黄苏称为"跳脱生新之法"。记写与长官同游之作,一般都会露出纱帽气,而苏轼此作则仙气缥缈于毫端,这也正是他的过人之处。

辑评

卓人月云:形容晚景,使人读之,如身历焉。词令上品也。(《古今词统》)

先著云:末语风致嫣然,便是画意。(《词洁》)

黄苏云:凡游览题,易于平呆,最难做得超隽。"飞鸿"二句,情景交融,自具隽旨。结句于旁观着笔,笔笔有余妍,亦是跳脱生新之法。(《蓼园词评》)

郑文焯云:天外之游,澹然仙趣。(《大鹤山人词话》)

蝶恋花

　　春事阑珊芳草歇，客里风光，又过清明节。小院黄昏人忆别，落红处处闻啼鴂①。　　咫尺江山分楚越②，目断魂销，应是音尘绝。梦破五更心欲折③，角声吹落梅花月④。

注释

① 啼鴂(jué 决)：鹈鴂鸟，又名杜鹃，三月始鸣，夏末而止，鸣声悲切。

② 分楚越：词人其时在镇江一带，古属楚地，家人在杭州，古属越地，故云"分楚越"。

③ 梦破：梦醒。心欲折：形容伤心至极。

④ "角声"句：谓月色中传来吹奏《梅花落》的曲声。角，少数民族的一种乐器。梅花，即古曲《梅花落》。

解读

　　熙宁七年(1074)暮春，在镇江一带办理赈饥事、已将近半年未能回家的苏轼，以此词表达对杭州家人的思念。上片展示两幅情景：一幅是春意阑珊的清明时节，客里思家；一幅是落红处处的黄昏小院，家人忆我。此即所谓"一种相思，两处闲愁"也。下片抒发思家之情。虽只相隔"咫尺江山"，感觉依然遥远。音

蝶恋花　苏　轼

　　春事阑珊芳草歇，客里风光，又过清明节。小院黄昏人忆
别，落红处处闻啼鴂。　　咫尺江山分楚越，目断魂销，应是音
尘绝。梦破五更心欲折，角声吹落梅花月。

——明刊本《诗余画谱》

信杳然,令人望断双眼。与其伤怀,不如以梦慰情。可方期梦境相见,却又被角声吹醒。末句宕开写景,于斜月角声之旷寂中蕴含无限悲凉。

辑评

沈际飞云:鸟啼,花落,梦回,月落,一境惨一境。(《草堂诗余正集》)

李攀龙云:当鸟啼花落之时,自能动人离思之苦,况梦回月落,其情尤所不堪者。(《新刻题评名贤词话草堂诗余》)

王士禛云:"春事阑珊芳草歇"一首,凡六十字,字字惊心动魄。"只为一声何满子,下泉须吊孟才人。"恐无此魂销也。(《花草蒙拾》)

陈廷焯云:清丽。此词合秦、柳一手。(《云韶集》)

蝶恋花

记得画屏初会遇,好梦惊回,望断高唐路①。燕子双飞来又去,纱窗几度春光暮。　　那日绣帘相见处,低眼佯行②,笑整香云缕③。敛尽春山羞不语④,人前深意难轻诉。

注释

① "望断"句:再也望不见通向高唐观的路。高唐,宋玉《高唐赋》曾记载楚王在高唐观中梦见巫山神女事。后以此典喻男女情事。

② 佯行:假装要走开。

③ 香云:喻美人头发。

④ 春山:喻美人秀眉。

解读

　　东坡词,有雄迈顿挫之作,亦有缠绵温婉之作。雄迈顿挫,自成豪放一派;缠绵温婉,不让柳永秦观。这首《蝶恋花》便属后类。词记与伊人的相遇及相思。上片交待往日情事,以"梦回"引出伊人不见,燕子双飞,几度春暮,表达自己的一往情深。下片回叙当日会遇情景,"佯"字露忸怩之态,"笑"字见活泼可爱。因怀有"深意",故而"羞不语"。以形传神,细腻之至。伊人是谁,缘何梦断"高唐",词人语焉不详,只能读者玩味自得了。

蝶恋花

　　蝶懒莺慵春过半,花落狂风,小院残红满。午醉未醒红日晚,黄昏帘幕无人卷。　　云鬟髻松眉黛浅①,总是愁媒②,欲诉谁消遣③。未信此情难系绊④，杨花犹有东风管。

注释

① 鬅(péng 朋)松:即蓬松,发乱貌。眉黛浅:指眉妆已残。

② "总是"句:谓眼前的一切都会勾引起人的愁思。

③ 谁消遣:谁来为我排遣。

④ 难系绊:难以寄托。

解读

　　此写女子伤春情怀。起三句写景,蝶懒莺慵,风起花落,满院残红,正是晚春光景。"午醉"二句写人,夕阳欲尽,帘幕低垂,闺中醉眠,可想孤寂情怀。过片写醉人初起,无人欣赏,索性鬓乱眉残,触处皆愁,痛苦无处诉说。末二句宕开,谓杨花尚有东风吹拂,我何以连杨花不如。"未信"二字,尤能传出女子一往无悔的深情,从中不难体会出她对扳不回的命运是那么难以甘心俯首。

念奴娇

中　秋

凭高眺远，见长空万里，云无留迹。桂魄飞来光射处①，冷浸一天秋碧②。玉宇琼楼，乘鸾来去③，人在清凉国④。江山如画，望中烟树历历⑤。 我醉拍手狂歌，举杯邀月，对影成三客⑥。起舞徘徊风露下，今夕不知何夕。便欲乘风，翻然归去⑦，何用骑鹏翼⑧。水晶宫里，一声吹断横笛⑨。

注释

① 桂魄：即月亮。古人以日为魂，以月为魄。又传说月中有桂树，故称桂魄。

② "冷浸"句：秋夜的碧空都沉浸在清冷的月光中。

③ 乘鸾来去：据《龙城录》载，唐玄宗游月宫，见"素娥十余人，皆皓衣乘白鸾往来，舞笑于广陵大桂树之下"。

④ 清凉国：与下片的"水晶宫"均是指月宫。

⑤ 望中：远望之中。历历：分明貌。

⑥ "举杯"二句：李白《月下独酌》诗："举杯邀明月，对影成三人。"

⑦ 翻然：远飞貌。

⑧ 鹏翼：大鹏的翅膀。《庄子·逍遥游》："鹏之背，不知其几千里也。怒而飞，其翼若垂天之云。"

⑨ 吹断横笛：即吹破横笛。横笛，一种有七孔、长约一尺四寸的笛子。

解读

　　此词作于元丰五年（1082）中秋。六年前，苏轼写过一首中秋词《水调歌头》(明月几时有)，那时是在密州赏月，如今是在黄州赏月，虽人生处境更为艰难，但风格相似，豪气依旧，故可视为姐妹篇。词上片先由"凭高眺远"引出皓月千里的中秋夜色，然后幻想月宫之华美，幻想月中眺望人间之美景。过片承人间而来，在月光下与影起舞，在风露中独自徘徊，情何以堪，于是又幻想乘月翻然归去，幻想在月宫中吹响横笛。整首词感情飘逸，想象奇特，意境高旷，从词人所对月宫仙界的向往与追求，可探其欲摆脱尘俗羁绊，获得精神自由之心迹。

辑评

杨慎云：东坡中秋词，《水调歌头》第一，此词第二。（杨慎评本《草堂诗余》）

李攀龙云：坡公襟怀寥廓，与上下同流，故其词吐清雅飘逸，至今诵之，令人翩翩然，有羽化登仙之态。（《新刻题评名贤词话草堂诗余》）

渔　父

渔父饮，谁家去①？　鱼蟹一时分付②。酒无多少醉为期③，彼此不论钱数。

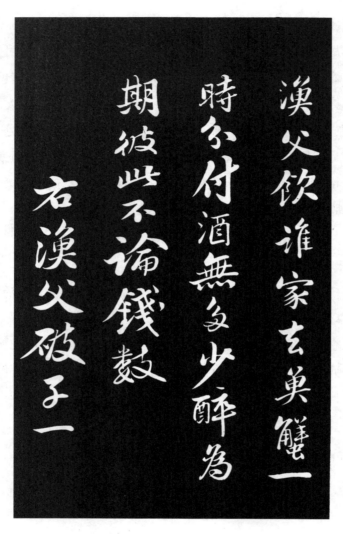

渔　父　苏轼手迹

　　渔父饮，谁家去？　鱼蟹一时分付。酒无多少醉为期，彼此不论钱数。

注释

① "渔父饮"二句：系设问，谓去哪个酒家喝酒。

② "鱼蟹"句：谓以鱼蟹换酒。一时，一并，全部。分付，交付。

③ 醉为期：以喝醉为限。

其　二

渔父醉，蓑衣舞①，醉里却寻归路②。轻舟短棹任斜横，醒后不知何处。

注释

① 蓑衣舞：指渔父穿着蓑衣醉行之状。

② 却：往回走。

其　三

渔父醒，春江午，梦断落花飞絮。酒醒还醉醉还醒。一笑人间今古。

其　四

渔父笑，轻鸥举①，漠漠一江风雨②。江边骑马是官人，借我孤舟南渡。

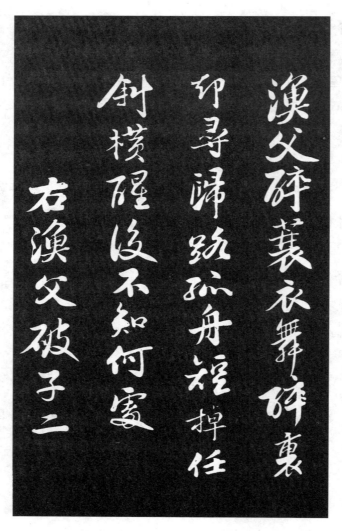

渔　父　苏轼手迹

　　渔父醉，蓑衣舞，醉里却寻归路。轻舟短棹任斜横，醒后不知何处。

注释

① 轻鸥举：轻盈的鸥鸟飞起来。

② 漠漠：云烟弥漫。

解读

渔父扁舟垂纶的生活，历来是文人向往的境界。一直有归隐之意的苏轼更是情有独钟。他曾因遗憾张志和的《渔父词》在当时曲度不传，加数语，填入《浣溪沙》调以歌之。这一组《渔父》词系自度曲，作于被贬黄州期间。

第一首"渔父饮"，写渔父以鱼蟹交酒家换酒喝，彼此不计较价钱。

第二首"渔父醉"，写渔父饮归，醉卧渔舟，任其东西，醒来不知身在何处。

第三首"渔父醒"，写渔父在落花飞絮中醒来已是中午时分。醒复饮，饮复醉，醉复醒，将古往今来的功名利禄付之一笑。

第四首"渔父笑"，写渔父在风雨中与江鸥相伴，逍遥自在，奔波的官人借我孤舟向南渡河。

四首词，虽独立成篇，合起来却是一个整体，生动地展示了渔父超然物外、悠闲自得的生活情景。这幅情景，恐怕也是词人在黄州期间"扁舟草履，放浪山水间，与渔樵杂处"（《答李端叔书》）的思想与生活写照。末篇结句"江边骑马是官人，借我孤舟南渡"，尤有情趣。苦者自苦，乐者自乐，尽在不言中。

东坡词评

晁无咎云：东坡词，人谓多不谐音律，然居士词横放杰出，自是曲中缚不住者。（《评本朝乐章》，见《复斋漫录》）

李清照云：至晏元献、欧阳永叔、苏子瞻，学际天人，作为小歌词，直如酌蠡水于大海，然皆句读不葺之诗尔，又往往不谐音律者，何耶？（《词论》，见《苕溪渔隐丛话》）

胡寅云：词曲者，古乐府之末造也。……然文章豪放之士，鲜不寄意于此者，随亦自扫其迹，曰谑浪游戏而已也。唐人为之最工。柳耆卿后出，掩众制而尽其妙，好之者以为不可复加。及眉山苏氏，一洗绮罗香泽之态，摆脱绸缪宛转之度，使人登高望远，举首高歌，而逸怀浩气，超然乎尘垢之外。于是《花间》为皂隶，而柳氏为舆台矣。（《题酒边词》）

王灼云：东坡先生以文章余事作诗，溢而作词曲，高处出神入天，平处尚临镜笑春，不顾侪辈。　又云：长短句虽至本朝盛，而前人自立，与真情衰矣。东坡先生非心醉于音律者，偶尔作歌，指出向上一路，新天下耳目，弄笔者始知自振。今少年妄谓东坡移诗律作长短句，十有八九，不学柳耆卿，则学曹元宠。虽可笑，亦毋用笑也。（《碧鸡漫志》）

汤衡云：元祐诸公，嬉弄乐府，寓以诗人句法，无一毫浮靡之气，实自东坡发之也。（《张紫微雅词序》）

陈师道云：退之以文为诗，子瞻以诗为词，如教坊雷大使之舞，虽极天下之工，要非本色。今代词手，惟秦七黄九尔，唐诸人不逮也。（《后山诗话》）

陆游云：世言东坡不能歌，故所作乐府词多不协律。晁以道云：绍圣初，与东坡别于汴上，东坡酒酣，自歌古《阳关》。则公非不能歌，但豪放，不喜裁剪以就声律耳。试取东坡诸词歌之，曲终，觉天风海雨逼人。（《老学庵笔记》）

费衮云：东坡词源如长江大河，汹涌奔放，瞬息千里，可骇可愕。而于用事对偶，精妙切当，人不可及。（《梁溪漫志》）

孙奕云：子美以诗为文，退之以文为诗，苏子瞻词如诗，秦少游诗如词。（《示儿编》）

汪莘云：唐、宋以来词人多矣，其词主于淫，谓不淫非词也。余谓词何必淫，亦顾寓意何如尔。余于词，所爱喜者三人焉。盖至东坡而一变，其豪妙之气，隐隐然流出言外，天然绝世，不假振作。二变而为朱希真，多尘外之想，虽杂以微尘，而清气自不可没。三变而为辛稼轩，乃真写其胸中事，尤好称

渊明。此词之三变也。(《方壶诗余自叙》)

刘辰翁云：词至东坡，倾荡磊落，如诗如文，如天地奇观，岂与群儿雌声学语较工拙。(《辛稼轩词序》)

沈义父云：近世作词者，不晓音律，乃故为豪放不羁之语，遂借东坡、稼轩诸贤自诿。诸贤之词，固豪放矣，不豪放处，未尝不叶律也。(《乐府指迷》)

元好问云：自今观之，东坡圣处，非有意于文字之为工，不得不然之为工也。坡以来，山谷、晁无咎、陈去非、辛幼安诸公，俱以歌词取称，吟咏性情，留连光景，清壮顿挫，能起人妙思。亦有语意拙直，不自缘饰，因病成妍者，皆自坡发之。(《新轩乐府序》)

王世贞云：读子瞻文，见才矣，然似不读书者。读子瞻诗，见学矣，然似绝无才者。懒倦欲睡时，诵子瞻小文及小词，亦觉神王。(《艺苑卮言》)

张綖云：按词体大略有二，一体婉约，一体豪放。婉约者欲其词情蕴藉，豪放者欲其气象恢宏。盖亦存乎其人。如秦少游之作，多是婉约。苏子瞻之作，多是豪放。大抵词体以婉约为正。(《诗余图谱·凡例附识》)

俞彦云：子瞻词无一语著人间烟火，此自大罗天上一种，不必与少游、易安辈较量体裁也。其豪放亦止"大江东去"一词。何物袁绹，妄加品陟，后代奉为美谈，似欲以概子瞻生平。不知万顷波涛，来自万里，吞天浴日，古豪杰英爽都在，使屯田此际操觚，果可以"杨柳外晓风残月"命句否。且柳词亦只此佳句，余皆未称。（《爰园词话》）

王士禛云：凡为诗文贵有节制，即词曲亦然。正调至秦少游、李易安为极至，若柳耆卿则靡矣。变调至东坡为极至，稼轩豪于东坡，不免稍过，若刘改之则恶道矣。学者不可以不辨。（《分甘余话》） 又云：词如少游、易安，固是本色当行，而东坡、稼轩直以太史公笔力为词，可谓振奇矣。（《带经堂诗话》）

徐釚云：苏东坡"大江东去"，有铜将军铁绰板之讥；柳七"晓风残月"谓可令十七八女郎按红牙檀板歌之。此袁绹语也，后人遂奉为美谈。然仆谓东坡词，自有横槊气概，固是英雄本色；柳纤艳处，亦丽以净耳。（《词苑丛谈》）

郭麐云：东坡以横绝一代之才，凌厉一世之气，间作倚声，意若不屑，雄词高唱，别为一宗。辛、刘则粗豪太甚。（《灵芬馆词话》）

周济云：苏、辛并称，东坡天趣独到处，殆成绝诣。而苦不经意，完璧甚少。（《宋四家词选目录序论》） 又云：人赏东坡粗豪，吾赏东坡韶秀。韶秀是东坡佳处，粗豪则病也。

又云：东坡每事，俱不十分用力，古文、书、画皆尔，词亦尔。 又云：世以苏、辛并称，苏之自在处，辛偶能到；辛之当行处，苏必不能到。二公之词，不可同日而语也。（《介存斋论词杂著》）

吴衡照云：苏、辛并称，辛之于苏，亦犹诗中山谷之视东坡也。东坡之大，与白石之高，殆不可以学而至。（《莲子居词话》）

宋翔凤云：词自南唐以后，但有小令。其慢词盖起宋仁宗朝。中原息兵，汴京繁庶，歌台舞席，竞赌新声。耆卿失意无俚，流连坊曲，遂尽收俚俗语言，编入词中，以便伎人传习。一时动听，散播四方。其后东坡、少游、山谷辈，相继有作，慢词遂盛。东坡才情极大，不为时曲束缚。然《漫录》亦载东坡送潘邠老词（略）。按其词恣亵，何减耆卿。是东坡偶作，以付佽席。使大雅，则歌者不易习，亦风会使然也。（《乐府余论》）

李佳云：词以意趣为主，意趣不高不雅，虽字句工颖，无足尚也。意能迥不犹人最佳。东坡词最有新意，白石词最有雅

意。(《左庵词话》)

邓廷桢云：东坡以龙骥不羁之才，树松桧特立之操，故其词清刚隽上，囊括群英。(《双砚斋词话》)

谢章铤云：晏、秦之妙丽，源于李太白、温飞卿。姜、史之清真，源于张志和、白香山。惟苏、辛在词中，则藩篱独辟矣。读苏、辛词，知词中有人，词中有品，不敢自为菲薄，然辛以毕生精力注之，比苏尤为横出。吴子律曰："辛之于苏，犹诗中山谷之视东坡也。东坡之大，殆不可以学而至。"此论或不尽然。苏风格自高，而性情颇歉，辛却缠绵悱恻。且辛之造语俊于苏。若仅以大论也，则室之大如堂，而以堂为室，可乎？(《赌棋山庄词话》)

刘熙载云：东坡词颇似老杜诗，以其无意不可入，无事不可言也。若其豪放之致，则时与太白为近。　又云：东坡词具神仙出世之姿，方外白玉蟾诸家，惜未诣此。(《艺概》)

刘师培云：东坡之词，慨当以慷，间邻豪放。(《论文杂记》)

陈廷焯云：东坡词独树一帜，妙绝古今，虽非正声，然自是曲子内缚不住者。不独耆卿、少游不及，即求之美成、白石，亦难以绳尺律之也。后人以绳尺律之，吾不知海上三山，彼亦能以丈尺计之否耶。　　　又云：东坡词，一片去国流离之思，哀而不伤，怨而不怒，寄慨无端，别有天地。（《词坛丛话》）　　　又云：苏、辛并称，然两人绝不相似。魄力之大，苏不如辛。气体之高，辛不逮苏远矣。东坡词寓意高远，运笔空灵，措语忠厚，其独至处，美成、白石亦不能到。昔人谓东坡词非正声，此特拘于音律言之，而不究本原之所在。眼光如豆，不足与之辩也。　　　又云：太白之诗，东坡之词，皆是异样出色。只是人不能学，乌得议其非正声。　　　又云：人知东坡古诗古文，卓绝百代。不知东坡之词，尤出诗文之右。盖仿九品论字之例，东坡诗文纵列上品，亦不过为上之中下。若词则几为上之上矣。此老生平第一绝诣，惜所传不多也。（《白雨斋词话》）

沈祥龙云：唐人词，风气初开，已分二派。太白一派，传为东坡，诸家以气格胜，于诗近西江。飞卿一派，传为屯田，诸家以才华胜，于诗近西昆。后虽迭变，总不越此二者。（《论词随笔》）

张德瀛云：同叔之词温润，东坡之词轩骁，美成之词精邃，少游之词幽艳，无咎之词雄邈，北宋惟五子可称大家。（《词徵》）

张祥龄云：辛、刘之雄放，意在变风气，亦其才只如此。东坡不耐此苦，随意为之，其所自立者多，故不拘拘于词中求生活。(《词论》)

王国维云：东坡之词旷，稼轩之词豪。无二人之胸襟而学其词，犹东施之效捧心也。　又云：读东坡、稼轩词，须观其雅量高致，有伯夷、柳下惠之风。白石虽似蝉蜕尘埃，然终不免局促辕下。(《人间词话》)

况周颐云：东坡、稼轩其秀在骨，其厚在神。初学看之，但得其粗率而已。其实二公不经意处，是真率，非粗率也。余至今未敢学苏、辛也。　又云：有宋熙、丰间，词学称极盛。苏长公提倡风雅，为一代山斗。黄山谷、秦少游、晁无咎皆长公之客也，山谷、无咎皆工倚声，体格于长公为近，唯少游自辟蹊径，卓然名家，盖其天分高，故能抽秘骋妍于寻常濡染之外，而其所以契合长公者独深。(《蕙风词话》)

蒋兆兰云：宋代词家，源出于唐五代，皆以婉约为宗。自东坡以浩瀚之气行之，遂开豪迈一派。南宋辛稼轩，运深沉之思于雄杰之中，遂以苏、辛并称。(《词说》)

陈洵云：东坡独崇气格，箴规秦、柳，词体之尊，自东坡始。(《海绡说词》)

蔡嵩云云：东坡词，胸有万卷，笔无点尘。其阔大处，不在能作豪放语，而在其襟怀有涵盖一切气象。若徒袭其外貌，何异东施效颦。东坡小令，清丽纡徐，雅人深致，另辟一境。设非胸襟高旷，焉能有此吐属。(《柯亭词论》)

陈匪石云：苏轼寓意高远，运笔空灵，非粗非豪，别有天地。(《声执》)

王易云：自有柳耆卿而词情始尽缠绵，自有苏子瞻而词气始极畅旺。柳词足以充词之质，苏词足以大词之流。非柳无以发儿女之情，非苏无以见名士之气。(《词曲史》)

东坡年表

景祐三年(1036) 出生 四川眉山人，字子瞻，号东坡。与父亲苏洵(字明允)、弟弟苏辙(字子由)号称"三苏"。生十年，父洵游学四方，母亲程氏亲授以书。

至和元年(1054) 19 岁 娶同郡王方女王弗。

至和二年(1055) 20 岁 在家苦读。

嘉祐元年(1056) 21 岁 五月，与父亲苏洵、弟弟苏辙至京师。七月，在开封府参加选拔举人的考试，名列第二。

嘉祐二年(1057) 22 岁 参加礼部进士考试，列第二。主考官是当时文坛领袖欧阳修，他曾对梅尧臣说："老夫当避此人，放他出一头地。"由是声名大振。

是年，母亲程氏去世，回乡守丧。

嘉祐三年(1058) 23 岁 在家守丧。

嘉祐四年(1059) 24 岁 九月守丧期满。十月与父亲苏洵、弟弟苏辙再度赴京，途中沿岷江、长江，穿越三峡，年底到达荆州(今湖北江陵)。子苏迈出生。

嘉祐五年(1060)　25 岁　二月回到京城，授河南福昌县主簿，未赴任，留在京城准备参加制科考试。(宋代制度，凡制科考试录取的官员，一律升官。)

嘉祐六年(1061)　26 岁　通过制科考试，授凤翔府签判，十二月赴任。

嘉祐七年(1062)　27 岁　在凤翔府签判任。

嘉祐八年(1063)　28 岁　在凤翔府签判任。二月曾到长安。三月过宝鸡，游终南山。

治平元年(1064)　29 岁　在凤翔府签判任。

治平二年(1065)　30 岁　罢凤翔任，往京师直史馆任职。妻子王弗染病，死于京师，年仅二十六岁。

治平三年(1066)　31 岁　在京师直史馆任。父亲去世，归蜀守丧。

治平四年(1067)　32 岁　八月，葬父亲于眉山。

熙宁元年(1068)　33 岁　七月丧除，冬出蜀。再娶，继室王氏系原配王弗堂妹。

熙宁二年(1069)　34岁　回到京城，在告院任职。

熙宁三年(1070)　35岁　在告院任职。次子苏迨出生。

熙宁四年(1071)　36岁　迁太常博士。王安石欲改科举制，神宗皇帝叫学师们议论。苏轼进言，引起王安石党人不悦，被改任开封府推官。被人诬陷，自请外任。十一月任杭州通判。

熙宁五年(1072)　37岁　在杭州通判任。三子苏过出生。

熙宁六年(1073)　38岁　在杭州通判任。十一月起程去常州、镇江一带赈饥。

熙宁七年(1074)　39岁　六月返回杭州。因弟弟子由在济南，请求调任东州，得任密州，十月离杭，经苏州、扬州、海州，十一月到达密州。

熙宁八年(1075)　40岁　正月上任密州太守。

熙宁九年(1076)　41岁　九月，由密州太守移知河中府，十二月离密。

熙宁十年(1077)　42岁　正月至济南,在子由家住月余。二月至汴京,被告知改任徐州,四月到任。约子由来徐州相聚。秋因防御洪水,保全徐州,受到朝廷嘉奖。

元丰元年(1078)　43岁　在徐州任。

元丰二年(1079)　44岁　三月接令调湖州,四月到任。朝中御史台御史李定等人弹劾他以诗讪谤朝廷,随即被捕下狱,押回汴京。此即所谓"乌台诗案"(乌台即御史台)。年底贬黄州(今湖北黄冈)看管。

元丰三年(1080)　45岁　正月初一携长子苏迈出京,奔赴贬所。二月一日到黄州,初寓定惠院,五月居临皋亭。家人于五月至黄州。

元丰四年(1081)　46岁　因家口众多,生计困难,在朋友的帮助下,获黄州东面一块旧营地约数十亩,躬耕其中,取名为"东坡",自号东坡居士。

元丰五年(1082)　47岁　为耕种方便,在东坡筑雪堂。七月游赤壁,十月复游之。

元丰六年(1083) 48岁 在黄州。

元丰七年(1084) 49岁 四月改贬河南汝州。四月离黄，沿江东下。四月底到九江，游庐山。七月路过金陵时，拜访退职家居的王安石。七月二十八日，在黄州与侍妾朝云所生幼子苏遁病亡于金陵。岁末到泗州时，举家病重，旅资告竭。因常州有田地，便上表请求回常州居住。

元丰八年(1085) 50岁 二月至南都时，神宗皇帝批准其请求，让他以检校尚书水部员外郎，汝州团练副使，不得签书公事，常州居住。四月由南都调头南下，五月至常州。六月恢复朝奉郎官阶，并任命为登州太守。十月至登州，到郡五日，被召回京师，十二月任起居舍人。

元祐元年(1086) 51岁 三月迁任中书舍人，八月迁任翰林学士。

元祐二年(1087) 52岁 任翰林学士兼侍读。

元祐三年(1088) 53岁 任翰林学士。

元祐四年(1089) 54岁 封龙图阁学士。因论事得罪当权者，请求外任。三月告下知杭州，四月底出都，七月到杭州任。

元祐五年(1090)　55 岁　治理西湖，筑长堤(即今苏堤)。

元祐六年(1091)　56 岁　三月离杭还京，任翰林承旨，复兼侍读。此时又有人诬告，虽上书澄清事实，但不愿久留京城，上书请求外任。八月，以龙图阁学士出任颍州太守。

元祐七年(1092)　57 岁　二月由颍州改知扬州，三月到任。七月调回京城任兵部尚书，复兼侍读。又改任礼部尚书。

元祐八年(1093)　58 岁　宣仁太后死，哲宗就政，新党专权，被调往定州太守，十月到任。继室王氏卒。

绍圣元年(1094)　59 岁　朝中新党指谪其在做京官时起草的诏书中有讥剌先朝之语，降两级，改任英州(今广东英德)太守。路途中，又追贬为宁远军节度副使，惠州(今广东惠阳)安置。九月过广州，十月到惠州，寓居嘉祐寺。

绍圣二年(1095)　60 岁　在惠州。三月，自嘉祐寺迁居合江楼。

绍圣三年(1096)　61 岁　在惠州。侍妾朝云卒。自感北归无望，在白鹤峰买地数亩，起盖房屋，作久居之计。

绍圣四年(1097)　62岁　四月，贬琼州别驾，昌化军安置。昌化军即今海南儋州。遂把家留在惠州，独携小儿子苏过动身。行前交待后事，全家人送至江边痛哭诀别。途经藤县，与贬雷州(今广东海康)的子由相会。六月渡海，七月到儋州。

元符元年(1098)　63岁　在儋州。在与友人的信中说，当地荒僻异常，生活上是"食无肉，病无药，居无室，出无友"。

元符二年(1099)　64岁　在儋州。以著书为乐，时时与当地父老游。

元符三年(1100)　65岁　徽宗立，大赦。五月迁廉州(今广西合浦)安置。六月渡海至廉州。又改更近些的湖南永州，行到英州，又遇大赦，恢复朝奉郎官阶，管理四川成都府玉局观，任便居住。

建中靖国元年(1101)　66岁　度大庾岭北归。五月到真州(今江苏仪征)，瘴毒大作，行止于常州。六月上表请老，以本官退休。七月二十八日，在友人代他暂借的常州孙氏宅院中病逝。